D+

dear+ novel

shashihensanshitsude koiwosuru・・・・・・・・・・・・・

社史編纂室で恋をする

栗城　偲

新書館ディアプラス文庫

社史編纂室で恋をする

contents

illustration：みずかねりょう

社史編纂室で恋をする
Shashi
hensanshitsu
de
koi wo
suru

今日は朝から雨も降っていて湿度が高く、不快指数の高い一日だった。まだ六月だというのに、夜になっても随分と蒸し暑い。

クールビズなどという言葉があるけれど、大町志月は入社してからほとんどその流行に乗ったことはない。営業先は昭和世代の顧客が多く、どんな気候であろうと、日本のビジネスシーンにおける必需品の長袖のジャケットにワイシャツ、きっちり締めたネクタイという出で立ちは受けがよかったからだ。勿論、そこに清潔感があることが大前提だが。

会社員は大変なのだ。こんなに暑い日でもスーツを脱げない。そんな暑くなり始めたこの時期に、思わぬ休みをもらった自分はなんて運がいいのだろう。

「——そうでも思わないと、やってられない……！」

いきつけのショットバーのカウンターで、志月は眉を寄せて唸る。もう一杯ください、と飲み干した何杯めかのハイボールのグラスを差し出すと、バーの店長がそっと受け取った。

そして、新しいグラスにミネラルウォーターを注いでくれる。口に運ぶと、冷たい水が喉を通っていくのが心地よくて、ふっと息を吐いた。

「今日、どうしたの？」

いつもは会社帰りに店に寄るので、志月は大概、二十一時過ぎにスーツ姿で訪れるのが定番だった。

平日の開店と同時に来て飲み始めた私服の志月を不思議に思っていたのだろう、店長の神崎が首を傾げる。

「……休みができたんです。で、まあ色々あって……」

自分でも整理のつかないことなので、うまく説明できる気がしない。

ぶちまけてしまいたい衝動に駆られるけれど、長びく愚痴で店長を独占してもよくないと思う。

そんな逡巡を感じ取ったようで、神崎は「話したくなったら言って」と優しく笑い、ハイボールのおかわりをくれた。

同じタイミングで、テーブル席の客が神崎を呼ぶ。

「はーい。……あ。志月くん、あんまり強くないんだからほどほどにね」

店長優しい、と目を潤ませれば、神崎はごゆっくりと言って離れていった。

「うう……でも飲まないとやってられないというか、なんかもう、こう、どうにも我慢できないって言うかー……！」

バーカウンターを叩くと、傍らに座っていた客が「おっと」と声を上げた。はっとして、志月は居住まいを正す。

「あ、ごめんなさい……」

志月はこの店の開店時間から居座っているが、そろそろ他の客も増えてきたところだ。隣に人がいたのにも気付かなかった自分を恥じ入りつつ、再度頭を下げる。

「すみません、騒いじゃって」

「いいえ」

三十代くらいの男性客は、穏やかにそう返し、にっこりと笑った。改めて顔を見ると、その涼しげな美貌に釘付けになる。

営業部員の習性というか、ゲイとしての癖というか、志月はさっと男の全身に視線を向けた。脚が長く、姿勢がいい。体は細身だが貧相ではなく、適度な厚みがある。

仕立てのいいスーツはきちんと彼の体に合っているので、もしかしたらオーダーメイドかもしれない。だからこそより、スタイルがよく見えるのだろう。

革靴はきちんと爪先が磨かれており、袖から覗く腕時計は国産の有名メーカーのもので、高級そうなのに派手すぎず、誠実さが見受けられていい。

——一人、かな。

ちらちらと、男を横目でうかがう。

志月がいきつけにしているこの店はスポーツバーでもあり、店内の奥に置かれた大きなモニタには常にスポーツの中継が映されている。その一方で、新宿二丁目という立地から察せられる通り、ゲイバーでもあった。店長の神崎の方針で、過度なナンパや店内でのいかがわしい行為は認められていない。とはいえ、出会い自体が禁止されているわけではないので、恋が始まることもある。

「あ」

「えっ……うわっ」

男の視線がこちらへ向き、驚いて身動ぎした拍子に肘におしぼりを引っ掛けてしまった。おしぼりは志月の体にぶつかって、二人の足元の間に落ちる。

慌てて拾おうとしたら、男が先に手を伸ばしてくれた。

「どうぞ」

「うあ……、ありがとうございます……」

酔っ払って騒いだ挙げ句に、更にみっともないところを見せてしまった。受け取ったら男がくすっと笑ったので、志月は酔って赤くなっているであろう顔をますます紅潮させる。

――しかもこれ……絶対、見惚れてたのバレてる……。

相手が大人な分、己の子供っぽさが際立つようで余計に恥ずかしい。

バーチェアの上で縮こまっていると、向こうが気を遣って話しかけてくれた。

「この店には、よく来るの?」

「え……あ、はい。俺、二丁目デビューがここだったんです。ここ、スポーツバーで、入りやすくて」

丁度サッカーのワールドカップの時期だったため、店内は観戦で盛り上がっていて、より健全な雰囲気があって入りやすかったのだ。

「そうなんだ、スポーツ好き？」

「はい。観るのはなんでも……するのは陸上です。俺、中学のときからずっと長距離やってて」

「へえ、そうなんだ。……学生さん、じゃないよね？」

「ち、違いますっ！　俺一応大卒で社会人五年目です！」

童顔で小柄な志月は二十六歳という実年齢より下に見られやすい。スーツのときはともかく、私服のままコンビニで酒を買おうとすると必ず身分証の提示を求められる。

──だって、今日は休みだったし……！

けれど、こんなに好みのタイプの男に出会えるのであれば、休みでもスーツを着てくればよかった。今日はデニムジーンズに少し袖をまくったカッターシャツというシンプルな恰好だが、見ようによっては学生っぽいだろう。

志月の好きになるタイプは、年上で包容力のある、落ち着きのある男だ。そういう男は大概、志月のような色気のない子供っぽいタイプは敬遠しがちである。

──スーツじゃないにしても、もう少し綺麗めの恰好にすればよかった……学生にしか見えないって言われたようなもんだしな、さっきの感じじゃ……。

今日は散々だ、と志月はハイボールを一気に呷る。ふっと息を吐き、更にもう一杯頼もうとしたところで手を握られた。

息を吞み、志月は男を見やる。

「……よかった。学生さんだったら少し躊躇するところだった」

「え……っ？」

意図を測りかねて目を白黒させていると、男は形のいい唇に笑みを乗せた。その指先が、志月の指の股を撫でる。頬が、誤魔化しようもないほど熱い。

「あの、……」

「……ん？」

微笑む男に、志月はこくりと喉を鳴らす。

「の……飲み足りないなら、河岸を変えませんか？　……今日はこれ以上、飲みすぎないでほしいですけど」

男は顔を近づけて、いいよ、と低く蠱惑的な声で囁く。志月は先程差し出しかけたグラスを勢いよく引っ込めた。


手を引かれ、繁華街を少し外れたところにあるホテルになだれ込み、もつれるように抱き合った。

普段、初対面の男とセックスにまで至ることは少なかったが、相手が好みのタイプというのもあったし、今日は一人でいたくなかった。そして、なにも考えられないようにしてほしかったのだ。

そういう意味では、教明と名乗った男は最適な相手だったのかもしれない。穏やかな喋り方や紳士的な見た目に反して、ベッドでは少々意地が悪く、行為も激しく、志月はなにも考えられないくらい翻弄された。

「あ……っ、あっ！」

身を震わせて、志月は教明の上で達する。騎乗位は苦手だと言ったのに、正常位から強引に持ち込まれてしまった。

「んん……っ」

背を反らして絶頂をやり過ごしていると、その様子を眺めていた男と目が合った。ず、と鼻をすすって睨んだら、足の付け根を親指でぐっと押される。

自分でも知らなかった感じる部分を捏ねるように撫でられて、志月は「やだ」と声を上げた。

「これやだって、言ったじゃないですか……」

「どうして？」

「これ、腹が苦しくて……きっつい……」

少し上体を後方に反らして、シーツに手をつく。微かに腰を揺らしながら息を整えていたら、反証を挙げるように、教明は精液を零しながらまだ勃ち上がったままの志月のものを指先で弾いた。

「うぁっ、ん！」

達したばっかりで敏感になっていたそこに刺激を与えられ、中に入った教明のものをぎゅっとしめつけてしまう。

「……で、なにがいやだって？」

胸を喘がせながら、志月は頭を振った。教明は志月の腕を引いて前傾姿勢にさせ、軽く尻を叩く。

「ほら、もっと頑張れ」

「んん……っ」

下から軽く突き上げられ、志月はゆっくりと腰を動かし始める。一度中で出されたせいで、室内にいやらしい音が響いていた。ずっと気持ちいいのが続いていて、堪らない。頭が真っ白になって、このところあった嫌なことを、このときだけは忘れていられる。とはいえ。

——……疲れた、もう無理……。

持久力には自信があったけれど、既に数度達し、酒も入っているせいで体が思うように動かない。

「んん……っ」

ぎこちない腰の動きに相手が冷めてしまわないだろうかと不安になっていたら、項を引き寄せられた。

「わ、あっ……」

教明の上に倒れ込みそうになって、なんとか両手をついて踏ん張る。教明は志月の項を撫でて更に引き寄せ、噛み付くようなキスをしかけてきた。

「ん……」

口を開かされ、舌を絡めとられる。息苦しいくらいのキスの気持ちよさにうっとりと目を閉じていたら、不意に強く突き上げられた。

「んっ⁉ んん……っ!」

項と腰を抱き寄せられ、ホールドされた状態で体を激しく揺すられる。

「んんー……っ、んっ、んっ!」

気持ちいいのいやだ、無理、やめて、と拒(こば)む言葉を封じられたまま、志月は教明の上で何度目かの絶頂を迎えた。

びくびくと震える志月の項を、教明の指が優しく愛撫する。

「んぐ……ぅんん……っ」

ほんの少しだけ締め付けの緩(ゆる)んだタイミングで、まだ達していない教明が、再び動き始めた。終わりが近いせいか先程よりも激しい動きで中を突かれ、極めている最中だった志月は声もなく悲鳴を上げる。

「っ——!」

一際強く穿たれた瞬間、中で教明が大きくなるのがわかった。奥の深いところで、熱いものが爆ぜる。

「あ……」

ようやく唇を解放され、志月は教明の上に重なった。肩のあたりに顔を乗せ、ぐったりと弛緩する。

——あ、いい匂い……。

大人の男に似合う香水の香りが鼻孔をつく。それが汗と混じり合って、より色っぽい匂いに感じられた。

教明は中で出しながら、捏ねるように腰を回す。されるがまま、志月は力なく声をあげた。

「うぁ、ん、あ、あっ、ん……」

快楽で頭がおかしくなりそうだ。脱力した体を貪られながら、疲弊するほど、頭が真っ白になるほどしたのなんて、今日が初めてかもしれないとぼんやり思う。

「っ……」

出し切ったらしい教明は大きく息を吐き、また志月の頭を撫でる。指で優しく髪を梳かれるのが、気持ちよかった。

疲れと眠気が、どっと体に押し寄せてくる。肩口に頬を擦り寄せたまま、うとうとしていると、男が笑う気配がした。

「……大丈夫か？　痛いところはない？」

「うん、へぇき……、ぅあんっ」

腰を摑まれて、引き抜かれる。受け入れていた場所が名残惜しそうに収縮しているのが自分でもわかった。

そのまま教明の横に転がされ、腕枕をされる。改めて見るとやっぱり好みのタイプで、頬が熱くなった。乱れた髪が色っぽい。

「教明さん、ありがと」

唐突に感謝を口にした志月に、教明は喉を鳴らして笑う。

「セックスして、改まって礼を言われるのは初めてだな」

「嘘？　ほんとに？」

志月は、今まで付き合った相手にも割と言ってきた気がする。そう言うと、また頭を撫でられた。

「俺、ここんとこ、すっごい嫌なことあって……」

「嫌なこと？」

問われて、志月は苦笑する。

「それでやけ酒してて……で、教明さんとしてだいぶすっきりしました。ありがと」

「どういたしまして、っていうのも違う気がするが。……でも、そういう日もあるよな」

滅茶苦茶に抱きたい、抱かれたい、そういう日はあるものだと言われて、志月は笑う。

「ねえ、教明さん。……つまんないこと喋っても、いいですか?」

「ん? ……いいよ」

「俺さ、今、会社から出勤停止命令食らってるんですよね」

志月の告白に、教明は微かに目を瞠った。

「それは、穏やかじゃないな」

志月は、新卒で入った都内に本社を置く老舗メーカー・鷹羽紡績の営業部に所属し、今年で五年目になる。成績は優秀なほうだ。三年目には社長賞をもらったこともあった。

ポジティブでめげない性格なので、営業職に向いていたと思う。取引先の人にも可愛がってもらっていたし、毎日が充実していて楽しかった。

これからも頑張っていこう——そう思っていた矢先、突如営業部長に呼び出されたのだ。

「営業部長って、二年前に全然畑違いのところから来た人で、正直みんなあんまり好きじゃなかった。……仕事に関してはなにも知らないからやらない、ってスタンスだし、その割に数字だけ見て無茶苦茶な提案してくる人で」

営業部長への文句をこうして口にするのも、初めてかもしれない。

営業部員が理不尽に怒鳴られるのは日常茶飯事だ。同僚のモチベーションが下がっているのは目に見えてわかっていて、志月は少しでもみんなの士気をあげようと必死だった。そして、なるべく陰口や文句は言わないようにしていたのだ。

だからこそ、営業部長にも、同僚にも、一番煙たがられているのは知っていた。

「……なんでそういう無能が部のトップにいるんだ？」

「それは……わからないです。でも、すごく偉い人のコネかなんかだって、同僚が言ってたけど……」

実際のところはどうなのか、知らない。ただ、傍若無人に振る舞おうと仕事ができなかろうと、彼が上司であることは変わらないのだ。

「営業部長に呼び出されて、それでまたなにか言われるのかなって思って会議室に行ったんです」

だが予想に反して、そこにいたのは営業部長だけではなかった。

営業部長、人事部、そして他部署の上長が数人、立って待ち構えていた。

——この書類に見覚えは？

放り投げるようにデスクに置かれた書類には、なにも見覚えがなかった。

なんのことかもわからなかったので、志月は正直に「わかりません」と答えた。

「これは、君の横領の証拠だ、と言われました」

おうりょう、と言われて、一瞬頭の中で漢字に変換できなかった。それくらい、身に覚えのない話だった。

「どの書類の、なんの数字を見ても、心当たりがないんです。だから、知りません、わかりません、と答えました。でも」

身に覚えのない「証拠」は、次々に出てきた。

説明を受けながら目を通したそれは見れば見るほどわかりやすい「大町志月の横領の証拠」だった。誰だって、こんなものを見たら志月が犯人だと思うだろう、ということも理解できた。

だが、志月はなにも知らないし、心当たりがない。

「無実は証明できず、でも、君は解雇にならなかった?」

「はい……濡れ衣とはいえ、確かにクビになってもおかしくないんですけど、『上のはからい』でクビも裁判沙汰も免れました」

社長賞まで取った男が横領で懲戒解雇というのは、非常に外聞が悪いということだろう。そして、会社に貢献した事実もあるのだから、温情をはかる側面もあるらしい。

事実調査の継続と責任追及や処分等の検討のため、出勤停止処分となったのだ。

「弁護士に頼ろうとは思わなかった?」

「思わなかったわけじゃないですけど……」

揃えられた「証拠」と、事実上「不問」の現状を考えたら、個人が企業相手に無実の訴えを起こそうとするのは時間と金と労力の無駄だぞ、と言われてしまった。

事実その時点でショックと絶望感に、何かしようと動く気力はなくなっていた。

訴えを起こして負ければ更に大事になると二の足を踏み、今に至る。

「動くにしても、少し様子を見た方がいいかもな。……濡れ衣を着せられたことに、なにか心当たりはないの？」

「心当たりなんてなにも……本当に、寝耳に水というか。――あ」

思わず声を上げた志月に、教明は首を傾げた。

「なにかあった？」

「いえ。……ショックで記憶が隅に追いやられてたんですけど、実はその直前に、営業部長のセクハラの現場を見ちゃって」

「セクハラ？」

問いかけに、志月は首肯した。

被害を受けていたのは、営業事務の青田という女性だ。

志月より二歳年上の二十八歳で、とても真面目な仕事ぶりの女性なのだが、営業部長のセクハラにずっと悩まされていたという。

「その日は営業先から直帰の予定だったんですけど、書類を忘れたのでオフィスに戻ったんです。普段もうみんなが帰ってる時間だったはずなのに、人の気配と……多分パソコンのモニタのライトだったんですけど、それでぼんやり人影が見えて」

「そこで、その女性がセクハラを受けているのを見た？」

問われて、志月は頷く。

オフィスで、彼女が営業部長に洒落にならないレベルのセクハラをされていたのを見て、思わず止めに入ってしまったのだ。互いに合意であっても社内でどうこうなんて問題だが、明らかにそうではなかった。

「それで……女性と一緒に逃げて、どうしたらいいかわからないので、コンプラの部署に相談しようって言ってたら――」

「罪を着せられた」

「……そうです」

それっきり、青田とも顔を合わせていない。彼女がどうなったかもわからないし、今は申し訳ないが自分のことで精一杯だった。

そんな事情や、現在の自分の置かれている状況を吐露してすっきりはしたものの、見知らぬ相手に喋り過ぎてしまったようだ。

――……会社の名前とか言ってないし……。

多分大丈夫だよね、と少々不安になりつつ、口を閉じる。

教明は「そうか」と頷いた。

「会社は、辞めようとは思わない？」

教明の問いに、志月は頷いた。

「……仕事は好きだし、俺、憧れてる人がいるんです」

「憧れてる人?」

「学生時代に常務の武勇伝を聞いて、彼と同じ会社で働きたいと思って入社試験を受けたんです」

志月はずっと、常務取締役である塚森賢吾に憧れていた。

塚森は創業者一族であり、現社長の息子だ。三十五歳になったばかりだが、既にいくつかの功績を残しており、二十代で関連子会社の再建計画を成功させたり、まだ支社長だった時代には社内で弱かった部門を黒字転換させたという経営手腕を持つ。それらはブランド戦略と、関係会社への地道な訪問と営業によるものだ。

「だから内定をもらえたとき、すごく嬉しくて。……常務との接点は、全然ないんですけどね」

「へえ……俺とどっちがいい男?」

頬杖をつきながら真面目な顔をして冗談を言う教明に、志月は一瞬目を丸くし、吹き出す。

教明と喋っていると、落ち込んだ気分が少しずつ晴れていく気がした。

「そういうんじゃないですよ」

確かに常務の塚森は整った顔貌だが、恐れ多くて恋愛対象にはならない。

「……本当は俺が辞めたほうが色々丸く収まるのかもしれないですけど、でもまだ足掻いてみたくて」

かといって、じたばたしようにも自宅待機を命ぜられているので、現状では身動きは取れない。

「自宅で鬱屈が溜まってきちゃって……それで、久し振りに二丁目に来たんです。とにかく、一人でいたくなくて。誰かと……喋りたくて」

そう、と教明が応え、また頭を撫でてくれる。優しい掌に、泣きそうになった。

毎日忙しくて、有給を捨てることもざらだった。

それでも仕事が楽しくて、充実していて——急に生きがいだった仕事を取り上げられて、呆然としてしまったのだ。

当たり前のようにスーツを着て歩いているサラリーマンが羨ましくて悲しい。それで、堪らなくなって飲みに来た。

「……それだけ聞くと、なんだか俺は傷心の子につけ込んだ感じだな」

「そ、そんなこと……！」

笑った教明に、志月は真っ赤になって首を振った。

「……誰かと喋るだけで、本当は十分かなって思ってたんですけど」

そのまま言い淀んだ志月に、教明が目を細める。志月の頭を抱き寄せ、耳殻に軽く歯を立てた。

「少しでもストレス発散になったのなら、お役に立てたようで嬉しいよ」

低い、官能的な声で囁かれて、志月は手で顔を覆った。

「ふ、普段はこんなじゃないんです……！　俺、いつもはこういうことでストレス発散はっ」

今日はあくまで例外なのだと、誰でも誘うような男じゃないんだとしどろもどろになりながら言い訳すると、教明ははいはいと笑った。

「じゃあ、普段ストレス発散ってどうしてた？」

「え？　えっと、基本は走ってました」

「走って？」

鸚鵡返しに問われて、志月は頷く。

小さい頃から足が早く持久力もあって、マラソン大会では十番から下に落ちたことがなかった。中学では陸上部に入り、そこから大学までずっと長距離一筋だ。

昔から、悩んだりストレスが溜まったりすると、走って発散させるのが常だった。

「走ってる間は無心でいられるし……走り終わるとすっきりするので」

新人研修で泊まりに行ったときにそんな話をしたら同期からは「脳筋」と揶揄われたりもしたのだ。

そう言うと、教明がくすくすと笑う。

ただ笑っているだけなのに、どこか色気があって、志月はその精悍な顔立ちに見惚れてしまった。

「体を動かして発散ね。……じゃあ、セックスでも同じ?」

「ひゃっ」

徐に尻を撫でられて、志月はびくっと体を竦ませた。突然色っぽい雰囲気が戻ってきて、戸惑ってしまう。

「そ、そんなことないです、本当に俺、普段はっ……、こんな風にセックスで無心になれたことなんて、あんまりなく、て……」

言いながら、非常に恥ずかしい告白をしてしまっていることに気づいた。

赤面した志月に教明は一瞬目を丸くし、にやりと笑う。

「そう。普段は無心になれるほどはしてないんだ?」

「の、教明さん……っ」

大きな掌が、体の輪郭をなぞるように触れてくる。もう散々したはずなのに、また体が熱くなってきた。

「じゃあ今日は無心になれて、すっきりした?」

耳をくすぐる低音に、志月は息を詰める。

「もう満足した?」

言いながら、教明は志月自身も今日初めて知った性感帯である腰の窪みを撫でる。そこばかりではなく、足の付け根や膝の裏など、今日だけでいくつも感じるところを教えられてしまった。

志月は追い打ちをかけてくる教明の手を払い、勢いよく身を起こして教明の上に再度跨る。目を瞬いている男にちょっとだけ溜飲が下がったが、よく考えたら誘導されたも同じで、少し悔しい。

「色々話したらやなこと思い出したんで……もっと、すっきりしたいです」

そう言いながら腰を擦り付けると、教明は片頬で笑った。

「いいよ、おいで」


教明は、志月の望むように抱いてくれた。優しくしてと言ったらそうしてくれたし、激しくしてと言ったら泣くまでいじめてくれた。

翌朝、ホテルの前で別れた際に、連絡先は交換しなかった。名残惜しさはあれど、色々喋りすぎてしまったのだ。

一晩限りの相手で、互いの素性を知らないからこそ話せることもある。

たった一夜で好意を持つのには十分だったものの、そういう意味もあってその晩限りでお別れした。相手も志月の意図と気持ちを察して、なにも言わないでくれた。

会社から連絡が来たのは、気怠い体を引きずって家へ帰り、一眠りしたあとのことだ。

「……社史編纂室？」

突然の異動辞令に、志月は携帯電話を取り落としそうになった。


志月の勤務する会社には「流刑地」と呼ばれる部署がある。それが「社史編纂室」だ。

その名の通り、社史を編纂する部署である。具体的になにを行っているのかは聞いたことがない。そもそも社史を目にした覚えがない。

ただ、流刑地と呼ばれる所以は知っていた。いわゆる「窓際族」であったり、もしくは各部署で持て余された人材が流される場所だという噂があったからだ。志月の場合は、この後者の例に該当するだろう。

「なんか昭和とかバブルの頃とかは、コネで入った腰掛けの女子社員とかもぶちこまれてたんだとさ。よく知らないけど」

自分たちが生まれる前のことなんてよくわからねえよな、と営業部の同期であった酒見がダンボール箱を抱えながら笑う。志月はそうだな、と返事をし、ダンボール箱を抱え直した。

異動部署が決まったからすぐに出社しろ、というお達しがきたのは昨日のことだ。今朝、営業部に行ったら志月の荷物は既にダンボール箱に無造作に突っ込まれて入り口に置かれていた。

好奇の視線が突き刺さるのを意識しながらも、志月は営業部長と課長、それから直属の上司であった係長に「お世話になりました」と頭を下げて営業部を出た。表沙汰になっていないとはいえ横領の噂はそれなりに広がっているようで、声をかけてくれた同僚は一人もいなかった。

だが五年分の荷物はダンボール箱ひとつには収まらなかったので、同期の酒見が手伝いを命じられたのだ。

「なにやってんだか知らない部署だけど、まあお前ならなんかできんじゃないの？」

やる気満々だったもんなあ、と評する酒見は、志月のライバルだった。

新人の頃はよく喋っていた相手だったが、成績が開き始めてきた頃から志月とはあまり関わらなくなったのだ。時折「頑張ったって営業区域で既に差が出てるんだからやる気がしない」「お前は客に可愛がられていていいよなあ、運がいいんだろうなあ」と卑屈なことを言われるくらいだった。

「俺らと違って、運もいいし」

敢えて彼を手伝いに付けたところに、営業部長の悪意を感じる。こうして喋っている間も、酒見は横領の件については一言も触れなかった。

もし「俺はなにもしていない」と言ったら、彼は信じてくれるだろうか。

「……ありがとな、できる限り頑張ってみるよ」

笑ってそう返すと、酒見は眉根を寄せて、わかりやすく舌打ちをした。

「お前ならどこでも余裕だろうよ。頑張ってくれよ」

社史編纂室の前に、乱暴にダンボール箱を置いて酒見はさっさと踵を返した。

「酒見、ありがとな」

その背中にそう声をかけたけれど、酒見は振り向きもしなかったし、返事も寄越さなかった。

――まあ、横領したと思われてるんだろうから軽蔑されてもしょうがないし……もしそうじゃないと思ってても、俺に関わると厄介なことになるだろうし、しょうがないか。

けれど、できる限り頑張ってみると言ったのは、虚勢でもなんでもない。

今はどうしたって、自分がやれることを、与えられた場所で頑張る以外に、志月にできることはなにもないのだ。辞めたら罪を認めたに等しく、それは癪である。

――それに、色々疑わしいこともある。

自分はどう考えても嵌められたのだ。恐らく、営業部長に。

社外に放り出されていたらお手上げだったが、会社に残れたのだからいずれ名誉を回復する機会はある。そして、きっと会社に残されたことにもなにか意味があるはずなのだ。

よし、と心の中で気合いを入れて、志月は社史編纂室のドアを開けた。

「おはようございます！　営業一課から配属になりました、大町志月と申します！」

元気よく挨拶をすると、室内の視線が一気に志月に向けられた。

社史編纂室には、二人の社員の姿がある。

部屋の奥、窓際に座っているのが室長の椎名だろう。かつて広報部にいたというが、女性問題で飛ばされたという噂だと酒見が言っていた。大人しそうな雰囲気の、糸目で白髪の男性は、老眼鏡をひょいと下げて「はいはい」と頷いた。

「……聞いてるよ、営業部から来た大町くんね」

「はい！　あの、よろしくお願いします」

「荷物多いね。誰か手伝ってあげて」

椎名の呼びかけに、一番入り口に近い場所に座っていた若い眼鏡の男性社員が腰を上げた。

ありがとうございます、と言ったら無言で会釈をされた。

――う……やっぱり歓迎されてないのかな……。

そうだろうなあ、と思いつつも、めげずに笑顔を作る。

空いている席にダンボール箱を二つ置いたところで、ふと部屋の隅、室長のデスクの横にもうひとつデスクがあり、そこに人がいたことに初めて気がついた。

――びっくりした。

その人物が新聞を開いていたことと、パソコンの周りに積まれた資料の陰になってよく見えていなかったせいで見落としていた。

志月がそちらを見ていたせいか、室長の椎名が「こっちが室長補佐」と言った。

「君の指導は、室長補佐にお願いしているから」

「あ、そうなんですね」

その室長補佐は、そんな会話が交わされていると言うのに未だに新聞から顔を上げない。

――歓迎、されてないってレベルじゃないなー……。

若干心が折れそうになりながらも、志月は室長補佐のデスクの横に立った。

「営業一課から配属になりました、大町と申します。宜しくお願いいたします！」

元気に挨拶をすると、ようやく新聞ががさっと動いた。そして、ゆっくりと降ろされる。

「え――」

その顔を見て、志月は思わず固まった。

黒色のフレームの眼鏡をかけた室長補佐の男は、いつも身嗜みに気を遣っている営業部員だった人間からすると、びっくりするほどゆるい服装だ。

髪はぼさぼさで、無精髭。この会社は工場以外では男性はスーツの着用がほぼ義務付けられているのだが、ノーネクタイの上ジャケットも着ていない。靴に至ってはサンダル履きだ。

室内履きに関しては、女性社員はナースサンダルのようなものを履いている者が多く、男性社員は靴、事務員でもスニーカーを履いている者がたまにいる程度で、サンダル履きは珍しい。

志月は毎日革靴を履く営業部から来たので、余計ギャップに戸惑った。

けれど、動揺した一番の理由は、それだけではない。

——の、……教明さん……？

一昨日、一夜限りをともにした男が、そこにいた。

他人の空似かと思ったが、間違うはずがない。あの晩、志月は彼の体を隅々まで見たのだ。目鼻の形、眉、肌、黒子の位置、それらが慰めるように自分を抱いてくれた男と同じだった。

——うっそぉ……。

職場で出会ったことよりも、その風体のあまりの変わりように頭がついていかない。

あの日の彼との落差に、まじまじと見つめてしまった。

室長補佐は眼鏡の奥にある切れ長の二重の瞳をこちらへ向け、欠伸をする。

「……営業からの異動ね。はい、よろしく。室長補佐の稲葉です」

少々だらしない喋り方だが、声も同じだ。低く、掠れた色っぽい声は一昨日と一緒のはずなのに、受ける印象はまったく違う。

——た、他人の空似……？　か、もしくは兄弟とかなのかな。

じっと見つめていると、稲葉は怪訝そうに右目を眇めた。

「なに？」

「あっ……よ、よろしくおねがい、します」

背筋を伸ばし、志月は再び頭を下げた。稲葉は非常に素っ気ない態度だ。戸惑いながらもここは会社なので本人だったとしても当然の反応だし、やっぱり別人かもしれないとも思う。

それに、一晩限りの出会い自体をあまりしたことがないのだが、あの街で出会った人物と昼間に会っても、志月も声をかけたりはしない。暗黙のルールというか、それが分別のようなものだと思っているからだ。

「じゃあ、あとは補佐から説明受けてね。よろしく」

「あ、はい！　ありがとうございます」

「んー……じゃあ、ちょっとこっち来て」

がりがりと頭を掻きながら、稲葉は席を立った。そして、社史編纂室と繋がった隣の資料室の扉を開ける。ずらりと並んだ棚の中にはぎっしりと資料が配架されていた。

「ここが資料室。直近の三年分の資料があって、どんどん溜まってく。で、溜まったら今度は図書室へ移動させてく」

「はい。それって編纂室でやるんですか？」

「そう」

それから、稲葉は社史編纂室が取り掛かっている業務について一通り説明してくれる。

社史編纂室は、室長を入れて社員は五名、志月を含めると六名になる。

「あれ？　でもさっきオフィスには三人しか……」

「二人は今日、外にいる」

「外って？」

「取材だよ。この会社の『編纂室』ってのは、『出版部』みたいなもんなんだ」

「出版部……ですか？」

　各種会議、取締役会の議事録、営業報告書、社内報など、あらゆる発行物を出しているのが「社史編纂室」だ。社員は編集、校正、校閲、ライターの役割を担う。

「マニュアルだのなんだのも作るし、冊子も作るし、取材に出向いたりもする。常駐してるのは編集業を担当してたり、メルマガ発行したり社報発行したりとかしてるやつらなわけだ」

「なるほど、そうだったんですね。……なんで『社史編纂室』って名前なんですか？」

「それは、大昔の名残だそうだ。昔は本当に一年に一回発行の社史しか作っていない閑職の掃き溜めみたいな部署だったらしいんだが、社内改革があって出版部的な役割に変わったそうだ」

「へえ……そうなんですか」

　流刑地、などと噂されているが、実態としてさほど暇な部署ではなさそうだ。それどころか、聞く限り非常に忙しそうでもある。

　社報や社内メールマガジンなどにきちんと目を通したことはなかったが、思い返せば確かに「社史編纂室」という署名があったような気もしてくる。

「だとしたら、五、六人で回すのって結構大変じゃないんですか？　やること多そうですよね？」

「そうだな。しかも、今は六十周年記念の社史の編集中だから例年より忙しい」

「あ、そういえば創業六十周年でしたっけ……」

「そう。おまけに先月、一人退職してな。それもあっての、人員の補充だ」

その「人員」というのは訊くまでもなく志月のことだ。

異動の原因はともかく、異動先に関しては純粋に足りないところへの補充だったらしい。少しほっとした。

「大町、こっち来て」

言いながら資料室内を移動し、稲葉が廊下へ繋がる扉を開ける。ぺったんぺったんとサンダルを鳴らしながら廊下を進む男の後を追った。

同じフロアにある図書室には常駐の司書がいるはずなのだが、カウンターは無人だった。志月が視線で探すと「この時間は司書室にいる」と稲葉が教えてくれる。司書室はカウンターの向こう側にあった。

「図書室使ったことある？　ない？　社員が使うときはＩＤカード出すんだ。上限十冊までだけど、編纂室勤務には二十冊まで貸出可能」

会社の図書室には、娯楽向けの書籍はない。基本的に、業務の資料となるものばかりだ。営業部の仕事で資料をコピーしたことはあるが、本を借りたことはなかった。

図書室はいつも人が少ない印象で、今も志月と稲葉以外は人がいない。

「大体、編纂室にあるものは図書室にも入ってる。もしほかの誰かが使ってたり持ち出したりしてたら図書室のほうのを使ってくれ。社史のバックナンバーも図書室に揃ってる」

こっちだ、と促されるまま、稲葉の後についていく。図書館の一番隅の書棚に案内される。

確かに、一号からすべて揃って並んでいた。

——直近の三冊くらい読んでみようかな。

考えてみれば、自分は愛社精神はあるほうだと思っていたが、入社五年目だというのに一冊も社史を読んだことがない。

どれどれ、と屈んだら、顔の横を腕が通過していった。

——え。

書棚につかれた大きな掌に目を瞬かせていると、耳元で「二日ぶり」と笑う声がした。

その低い声と香水の香りに、あの夜のことが即座に思い出されてぞくっと背筋が震える。志月は耳を押さえて振り返った。

「——っ!」

髪を掻き上げて、稲葉がにっと笑う。

「のりあ……っ、稲葉室長補佐!」

「なんだ、忘れたわけじゃなかったのか」

——忘れるわけないでしょ⁉

そう言い返したかったが、完全に油断していたせいで声が出ない。

酒を飲んでいたとは言え、肌を合わせる頃にはとっくに素面同然だったので、当然なにもかも記憶に残っている。

「まあ、お忘れかも知れなかったが、一応確認がてら確かめておこうと思ってな」

稲葉は目を細め、体を引いた。

先程まで稲葉が知らんぷりをしていたのは、人違いでもなければ忘れられたわけでもなかったようだ。

「あ、あの日のことは……っ」

「言わねえよ。お前も黙ってろよ。あんまり外聞のいい話じゃないからな」

「あた、当たり前ですっ」

うっかり同じ会社の人間と寝てしまったなんて、一体誰に話せというのか。

「まあ、そういうわけで同じ会社で、なんの因果か上司と部下だ」

「わかってますよ。……取り敢えず、お互いのためにあの日のことはなかったことにしましょう」

それよりなにより、あの晩限りだと思ってべらべら喋ってしまった話のほうが問題だということに気づく。今更になって、志月はとんでもないことになったと顔面蒼白になった。

——ええと……俺、なにをどこまで喋ったんだっけ。

とにかく、横領の話はまずい。

志月はやっていないが、社内で横領があったことは事実で、それは会社としては大問題だ。しかも、その大問題を内々で収めるために会社が動いた、ということもある。

王様の耳はロバの耳、というつもりで喋ってしまったが、同じ会社だったなんて笑い話にもならない。

「だから、その……」

「異議はないな。営業部の若手稼ぎ頭がイキすぎて失神したなんて外聞が悪い話はおいそれとできないわな」

「失神なんてしてな……っ、っていうかセクハラですよ！　それにルール違反！」

思わず文句を言うと、稲葉は声を立てて笑った。上司じゃなかったら蹴りを入れてやりたいと思いつつ、睨み上げる。

それをまったく気にした様子もなく、稲葉は「よしじゃあ戻るか」と伸びをした。その後ろを歩きながら、志月は稲葉の背中を睨みつける。

――かっこよくて大人で、いい人だと思ってたのに……！

あの晩とのあまりの違いに、志月はむうっと頬を膨らませた。後ろに目が付いているわけでもあるまいに、稲葉は「なんだよ」と言って肩越しに振り返る。

「なんか文句でもあるのか？」

「……キャラ、違いすぎませんか補佐」

ついそんな文句を言うと、稲葉は首を傾げた。

「なにが？　どこが？」

「どこもかしこも」

ジャケットを着ていないので確信はもてないが、スラックスを見るにスーツは吊るしの既成品だ。磨かれた革靴ではなく学校のおじさん先生が履いていそうなサンダルは、先程からぺったんぺったんと情けない音を立てている。

きっちりと整えられていた髪はぼさぼさだし、無精髭まで生えている。服の着こなしも含めて、会社に来るのに相応しい身嗜みとはとても言えない。

唯一あのときと同じなのは腕時計だけで、ほかがあまりに違いすぎる。

口には出さなかったが察したようで、稲葉は片頬で笑った。

「お前だって、あの晩と違うじゃないか」

「な……俺は、全然っ」

言いかけて、そういえばあのときは私服だったと気づく。だが年齢も教えたし、会社員だという話もしたし、普段着だったので多少なりとも差はあるが、稲葉ほどに違いがあるとは思えない。

そんな文句を言う前に、稲葉がにやっと、意地悪そうな顔をした。

「違うだろ。——あの日はもっとエロかった」

「っ、セクハラ……！」

歯を剝いた志月に、稲葉がくっくと喉を鳴らす。

――もーこの人やだ！

ぎりぎりと歯嚙みしながら、志月は図書室の扉を閉める。並んで廊下を歩いていたら、「大町」と名前を呼ばれた。

「冗談はともかく、慣れない仕事も多いだろうから、ぼちぼち仕事覚えていってくれ。……幸い、忙しい部署だからなにも考えてる暇はないと思うぞ」

微かに微笑んで、とん、と軽く背中を叩かれる。

――……もしかして、慰めてくれてる、のかな。

セクハラは歓迎し難いが、志月が愚痴った話を覚えているのだろう。なにも考えたくない、と思うほど気分が滅入っていたことも。

様々なトラブルや部署異動で落ち込んでいた気分を、今は少し忘れていられたのも確かだ。

――とにかく、できることから頑張っていこう。うん。

ひとまず、今日はいろいろ仕事を教わり、帰宅したらランニングしようと決め、志月は新しい上司の後ろについていった。

流刑地で閑職、という前評判だった社史編纂室は、思った以上の忙しさだった。なにしろ発行物が多いのでやることも多い。

その発行物のほとんどを志月は見た覚えがなかったのだが、毎月苦労して作成していたのだろうと自分がやる段になって感じた。

初日に志月の荷物を運ぶのを手伝ってくれたのは、同い年で、加藤という男だ。黒縁眼鏡の無口な人物だが、仕事は早い。室長とともに主に校正・校閲の業務を行っており、時折ライター的な仕事をしているという彼は常にオフィスにいる。

その日は会えなかった残りの二人は、飯窪、岡本という名の、同じく男性社員だ。彼らはどちらかといえば、オフィス以外の場所で過ごすことが多いという。印刷所へ行ったり、取材をしたり忙しくしている。

そして志月はというと、稲葉について主に社史の編纂に関わる業務に携わることとなった。

稲葉は概ねオフィスにいるが、志月は稲葉の指示のもと、連日取材に回っている。

既に退職したOBやOG、関連企業、子会社などに出向くことが多く、今日は亡き五代目社長の、夫人への取材を行ってきた。

――意外と、営業スキルが役に立つなぁ……。

今まで経験したことのない仕事だったが、五年間の営業経験と稲葉の細かい指示や指導のおかげでそれなりにこなせてしまっている。

あまり警戒心を抱かせない外見や、子供の頃から人懐っこいと言われる性格も相まって、仕事は順調に進んでいた。

――補佐が言ってた通り、やることいっぱいあるし……気が紛れて、ありがたいな。

慣れぬ仕事で気を張っているのもあるが、外回りも多いため体力を消耗し、余計なことを考えている時間がないのが却ってありがたかった。

レコーダーの中身を確認しながら廊下を歩いていたら、前方から営業部の同期数人が歩いて来るのが見えた。今から午後の外回りなのだろう。

「あ、――」

久し振り、と声をかけようとしたが、同期たちは皆志月に気づかないふりをしてすれ違ってしまった。

挙げかけた、行き場のない手をおろして苦笑すると、背後からぼそっと「話しかけてくんなよ」という声が聞こえてきた。

反射的に振り返るが、営業らしいせかせかとした動きで、彼らは去っていく。その背中を見送って、志月は息を吐いた。

――……きっついなぁ……。

苦笑して、志月は自分の前髪を指で梳く。

営業部員が会社の金を横領し、犯人は即日処分された――そんな話は、既に社員の知るところとなっている。犯人とされた志月のことも、顔まではわからなくとも名前くらいは一部社員には伝わっているようだ。

営業部員からすれば、同僚の不祥事によって自分たちの肩身も狭くなるし、犯人とされる志月が先日まで何食わぬ顔をして隣に並んでいたと思えば怒って当たり前だ。甚だしく迷惑な話だし、裏切られた気分に違いない。

そして処分の内容が単なる異動と知れば、反発が湧くのは必然と言えた。そんな相手にのうのうと話しかけられて笑顔で応対など、できるはずもない。自分が彼らと同じ立場だったらどうしただろう、と考えることもある。

小さく深呼吸をして、志月は踵を返した。

――いつか、汚名を濯ぐ。……それまで、自分ができることを精一杯やるだけだ。

そう心に決めて仕事に臨んでいるが、流石に今日は少し心が折れそうだ。濡れ衣だと訴えたところで、誰が信じてくれるのだろうかと、自分でも思う。

自然と曇る表情をどうにか隠すように頰を捏ねつつ、志月は社史編纂室のドアを開けた。

「ただいま戻りましたー！　……あれ？」

オフィスには、稲葉の姿だけしかない。稲葉はパソコンから顔をあげ、「おう」と応答する。

「室長と加藤さん、どこか行かれたんですか」

「ああ、あの二人も外だ。それぞれ取材だと」

珍しい、と思いつつ、志月は稲葉のところへ報告しに行く。

「奥様のところに取材、行ってきました。ご希望は特にないとのことなのですが、自伝などはゴーストライターが書いたものなので、そこは強調してほしいと……」

「……あ？　なんだよ」

フェイドアウトしていった志月の声に、稲葉が顔を上げる。志月は報告を続けようかと思ったが我慢ならず、「補佐」と渋面を作った。

「だからなんだよ」

「……もう少しちゃんとした恰好できませんか⁉　だらしなさすぎます！」

そう言って、志月は自分の胸元を指で示した。

ああ？　と首を傾げ、稲葉が頭を掻く。シャツのボタンは三つも開けられ、最大限まで緩められたネクタイが引っかかっていた。ジャケットは椅子の背凭（せもた）れにかけられて、少々型崩（かたくず）れしている。

「そこまでボタン開けるならせめてネクタイ外してください」

「なくすだろうが」

「じゃあ、ボタンを留めてネクタイ締め直してください！」

「別にいいだろ。忙しくてそれどころじゃねんだよ。身嗜みなんて関係ないし、関係あるときにはちゃんとしてるだろうが」

「景観の問題です！」

志月の発言に、稲葉は「景観ってなんだよ」と吹き出した。

「もう、ちゃんとしてください……！」

頭の上から爪先まできちんとしろと口酸っぱく言われる部署に五年間もいたせいか、気になってしょうがないのだ。稲葉がやらないなら、と志月はつい手を出してしまう。

ぶつくさ文句をいう稲葉のシャツのボタンを留め、ネクタイもきっちりと締め直す。常に腕まくりしているせいで、彼のシャツの袖は皺が付いてしまっていた。

「窮屈だろー……」

「これくらいで窮屈になんてなりません！　身嗜みひとつで顧客の印象が変わるっていうのが――」

そこまで言って志月は口を噤んだ。

ここは営業部ではない。勿論、どの部署だろうが身嗜みに気をつけるのは社会人として当然ではあるのだが、つい「営業なんだから」と言いそうになった未練がましい自分が恥ずかしかった。

思わず手を止めた志月を、稲葉が見やってくる。志月は目を逸らし、背凭れにかけられていた彼のジャケットを手にとった。

「ハンガーあるんだから、これだってちゃんとかけてくださいよ。型崩れしますよ」

「別にいいんだよ、そんな高いもんじゃないし、今日は客の前になんて出ない」

なんて言い草だと、志月は呆れて溜息を吐いた。

本当に、数日前にバーで出会った男と同一人物かと疑いたくなる。何日か同じ部署で過ごしてともに仕事をしていても、彼があの日のようにきちんとした出て立ちで出社してきたことは一度もない。

稲葉はいつも一番乗りでオフィスにいるのだが、常にくたびれた姿だ。

「値段の問題じゃないでしょう。……まったく、あのときはもっとちゃんと……」

ぶつぶつと文句を言いかけ、志月ははっとして口を噤む。

「――あのときって?」

思わぬ方向から声が聞こえ、びくっと背筋が伸びる。振り返ると、入り口のドアが開いて、加藤が顔を覗かせていた。

「う、いや、あの……っ」

一人激しく動揺している志月に首を傾げて、加藤は自分の席へと移動する。こちらの動揺など、相手は気にならないらしい。

「か、加藤さん、外に取材行くのって珍しいですね」

「そうかもしれないですね。でもたまに行きますよ」

「へ、へえー……」

まだ心臓がどきどきして落ち着かない。稲葉を見やると、志月の動揺が面白いのかにやにやしていた。

志月は稲葉のスーツをハンガーラックにかけ、特に用もないのに資料室へと引っ込んだ。決定的なことをなにも言っていなくてよかったと、胸を撫で下ろす。

——……服装もそうだけど、なんか、覇気がないんだよな。稲葉さんって。

朝早くから遅くまで会社にいて、やることはやっているのだろうし、志月にも色々教えてくれる。だが服装は乱れているし、きびきびしているとも言えないし、よく欠伸をしている。

——……あの日は、あんなにかっこよかったのに……。

真っ昼間からもやもやとあの夜のことを思い返してしまい、はっとする。散らすように頭を振っていると、資料室のドアが開いた。

息を呑み、振り返る。加藤が立っていた。

「そうそう、大町さん。今日お暇ですか。帰り」

「え、あ、はあ……」

金曜日の夜とはいえ、恋人もいなければ接待などの仕事もない。帰って寝るばかりだ。急ぎの仕事だろうかと思っていたら、加藤から意外な言葉が返ってきた。

「今更遅くなったんですけど大町さんの歓迎会やろうって話になって。しかも急ですいません、大丈夫ですか？」

「え……あ、ありがとうございます。大丈夫です」

無表情のまま「そうですか」と言って、加藤が去っていく。一番年が下なので、こういう役回りをやるのかなあと、なんとなくあたりを付けた。

異動してから既に一週間が経過しているが、室長と稲葉以外のメンバーとはあまり言葉を交わしていない。外出の多い飯窪、岡本の両名とは、数えるほどしか顔を合わせたことがなかった。席が近く、年齢も同じで、ほとんどオフィスにいる加藤とは挨拶くらいはするが、その程度だ。

——……別にいいんだけど、今日俺がもし予定入ってたらどうするつもりだったんだろう。

自分抜きの飲み会になったのか、歓迎会自体が流れたのか。別に歓迎会をしてほしいわけではないが、なんとなく寂しい気持ちにもなる。

だが、まさか歓迎会を催してくれるとは思わなかったので、素直に嬉しかった。

——本当は声をかけてくれるだけ、マシだよな。

つい先日まで仲良く会話していた同期たちに無視されたことが思い出されて、息を吐いた。

もしかしたら室員全員が集まるのは初めてかもしれない飲み会は、一次会ですぐに解散となった。

社史編纂室のメンバーはあまり社交的なタイプがいない上に男性だけで構成されているというのもあったのかもしれないが、特段盛り上がることもなく、各々が飲んで、食べて、歓迎会は終了してしまった。

改めて挨拶をして「ようこそー」とまばらな掛け声はもらったが、全員がどこかよそよそしい雰囲気だったのだ。

横領の噂があって飛ばされてきた曰く付きの同僚など、歓迎したいわけもないだろうし、当然といえば当然のようにも思える。

再度「声をかけてくれただけマシ」と思おうとしたが、少々萎れた。

唯一の家庭持ちの上に、上司という立場の室長は早々に帰っていき、加藤、岡本、飯窪も、二時間ほどで腰を上げた。

「あ、お金、いくらですか」

飲み放題付きのコースで、既に料金が支払われているという話だったので、幹事を担ってくれた加藤にそう声をかける。

加藤は鞄を肩にかけ、眼鏡のブリッジを押しあげながら「大丈夫です」と素っ気なく答えた。

「今日は大町さんの歓迎会なので、大町さんからは受け取れません。じゃあ、そういうことでまた来週。お疲れ様でした」

志月のほうをほとんど見ないままそう捲し立てて、ぺこりと頭を下げ、加藤は店を出ていった。その背中を見送り、志月は息を吐く。

ぬるくなったビールを口に運ぶと、対面に座る稲葉が頬杖をつきながらこちらを見ていた。

「……補佐は帰らなくていいんですか？」

「なに、帰ってほしかったのか？」

笑って問いかけられ、志月は「別にそういうわけじゃないですけど」と言い淀む。志月はもう一度、大きく吐息した。

「やっぱり、煙たがられてますよね。俺」

空元気で挨拶をしたが反応が芳しくなかったのを思い返し、少々落ち込みながら問うと、稲葉は「そうか？」と首を傾げた。

フォローのつもりなのか他人事なのかはわからないが、志月は眉を寄せる。

「煙たがられてなんかいないさ。営業部ではトップランカーだったんだろ？　流石だな、って皆と言っていたんだ」

「……いいんですよ、別に。フォローとか」

卑屈なことを言ってしまう自分に、苦々しい気持ちになる。こんな風にネガティブに考えるような人間ではなかったはずなのに。何故か、稲葉の前では油断してしまうのだ。

「あー……！　やだなー！」

思わずそう叫ぶと、稲葉が目を丸くする。

「なに、俺が？」

「違います！　こういう自分が！　フォローしてくれる上司に卑屈なこと言っちゃって自己嫌悪に陥るのが！」

ほんとすいません！　と謝ったら、稲葉が笑ってくれた。それでも志月の気は晴れない。

「……走ってこようかな」

「待て待て」

このところ慣れない仕事が忙しくて、ストレス発散をしようにも、走り込みをする時間がないのだ。思わず立ち上がった志月の腕を、稲葉が摑む。

「酔ってんだからやめとけ」

酔っているからこその奇行だったのだが、大人しく腰を下ろす。

膝の上で拳を握り、志月は俯いた。

「やっぱりいやか？　この仕事」

「いやじゃないです、全然。俺は」

確かに営業の仕事は、自分の天職だと思っていた。けれど、嫌な仕事なんてない。社史編纂室の仕事もやってみれば楽しいことだってあるし、与えられた職務を全うすることに不満なんて、あるはずがなかった。

「……でも、知ってるでしょう。俺の噂」

濡れ衣を着せられたままなのが、嫌だ。反証する機会も与えられず、針の筵で仕事をするのが、辛い。

走ったり、仕事に没頭したりしていれば、束の間忘れることはできるけれど、こうして誰かと一緒にいることで思い知る。

「……噂ねえ」

稲葉が、ぽつりと呟く。そして、ぽすん、と頭になにかが触れた。稲葉の手だ。

「俺は、『噂』は信用しないことにしてるんだ」

そう言って、稲葉は子供にするように志月の頭を撫でてくる。髪を掻き混ぜながら、なんでもないことのように言われて、志月は惚ける。

「……あの、俺もう二十六なんですけど」

「うん、そうだな」

志月の丸い後頭部を撫でて、稲葉が目を細める。一瞬、抱かれた夜のことを思い出したが、今はただ優しい掌に全身の強張りが解けていくようだった。

信じているとはっきり言われたわけではないけれど、同等の言葉をくれた稲葉に、志月は目を瞬く。

「それに、聞いたからな。自分はやってない、って話を前に」

「……そんなの、わかんないですよ。俺が嘘、ついたのかもしれないし」

「通りすがりの他人にそんな嘘つくメリットってなにかあるのか？」

誰彼構わず嘘をつく輩もいるだろうが、志月はそうではない。そして、結果的に通りすがりではなかったわけだが、あのときは志月もそう思っていたから喋ったのだ。

――……そんなの、補佐にだけ言われてもしょうがないけど……でも。

誰か一人でも信じてくれている、という心強さに泣きそうになった。そして、他の誰でもなく彼に言われたことが、嬉しく思えた。

潤んだ目を揶揄されるかと思ったが稲葉はただ、志月の頭を撫でてくれる。俯いて一度瞬きをすることで涙を払い、志月は顔を上げた。

「あの、子供扱いやめてください」

「うん？」

ぐりぐりと撫で続ける稲葉の手を、志月はそっと外した。自分で払ったくせに、名残惜しさが胸に迫ってきて戸惑う。

「悪い悪い。十分大人だったな」

両手を挙げて、稲葉がにやりと笑った。

「隅から隅まで確かめたし、知ってる。お前は大人だ」

「っ、セクハラです……！」

最低、と歯を剝けば、稲葉は喉を鳴らして笑いながら、日本酒を呷った。二人きりとはいえ、なんてことを言うのか。

ぷんぷん怒る志月に、まったく心のこもっていない声で稲葉が「悪いな」と謝罪をする。

そんな言い合いをしつつ、稲葉が自分を慰めてくれていることは十二分にわかっていた。

そっとうかがうと、視線に気づいて稲葉が笑う。

頬が熱くなったのを酒のせいにして、志月はもう一杯ビールをオーダーした。


会社の最寄り駅に電車が到着するアナウンスが流れ、志月は携帯電話から視線を上げた。

——結構順調だったな。時間通り。

先程録り終えた音声データを、オンラインストレージに保存し、携帯電話のタスク管理アプリを開く。スケジュールをチェックしつつ、時間を確認したら、丁度十二時をまわるところだった。

今日はすべて時間どおりに取材が終わったので、昼休みの時間中に昼食を取れそうだ。電車を降りて、まっすぐ会社へ向かい、社史編纂室へと足を向ける。

「ただいま戻りましたー！」

ドアを開けると、室長と加藤が「おかえり」と返してくれる。いつもオフィスの主のように奥の席にいるはずの稲葉の姿が見当たらない。

トイレにでも行っているのかと思って視線だけを席に向けると、加藤が「補佐は今日外出です」とスケジュールボードを示した。

「ほんとだ。珍しい……」

志月は今日、朝から客先へ直行だったので、初めて見る情報に目を瞬く。

もしかしたら、志月が社史編纂室に配属されてから、彼が席を外しているのは初めてかもしれない。細かく行き先を書いている志月とは違い、稲葉のスケジュール欄には「直行・直帰」と書いてあるだけだった。

「……で、どうでした？」

いつもと変わらぬテンションで、けれど彼なりに恐る恐る、といった様子で加藤が問うてくる。

志月がピースサインを出すと、加藤はほっとしたように胸を撫で下ろした。

「ありがとうございます、大町さん……！」

「いやいや、こういうの、俺は苦じゃないので。朝八時から行ってきましたよ！」

そう言いながら、志月は自分の席に腰を下ろした。

今日は、既に引退した元企画部長のもとへ出向き、インタビューを取ってくるという仕事だった。本来であれば加藤が行くはずの案件だったのだが、途中で志月と交代したのだ。

実はこの案件の担当が替わるのは志月で四人目で、飯窪、岡本、加藤の順に引き継いでいって、今度は志月にお鉢が回ってきた、という事情がある。

行ってみると、元企画部長だったという男性は昔の職人気質を持った気難しそうな男性で、とにかく言動がきつい。それか、ひたすら無視をする。けれど、飯窪が泣いて帰った、と聞いて少々覚悟していたのだが、なんのことはなかった。

「手強いのに、どうやって……」

「割と簡単な手法です」

志月はとにかくひたすら通いつめ、無視をされても挨拶をし、多少怒鳴られてもめげずにくっつき、夜でも朝でも相手の時間に徹底的に合わせ、そして夫人を懐柔する、という古典的な方法を取った。

「古いタイプの人だし、古典的な方法が効きましたよ。昭和の人には昭和の営業です」

「いや、だからまずその根性がないです俺らには……」

そんなもん知るか、忙しいんだから帰れ、と吐き捨てるように言っていた元企画部長が、今では上がって茶でも飲んでいけ、というようになった。

志月の祖父がそうなのだが、会社を勇退した男性は暇を持て余していることが多く、「今どきの若いの」に懐かれると弱い。

「営業は足で稼ぐのが基本なので」

「だから、それができないいんですって普通の人は……」

「まあ、とにかくインタビューで取れた音声クラウドに上げといたんで確認してください」

「ありがとうございます。確認します」

言いながら、録音機器に入っている音声データを加藤がチェックし始める。記事にまとめるのは加藤の担当だ。

志月はその間に、もうひとつの取材先のデータをダウンロードする。

——意外と営業の経験が生かせるもんなんだなぁ。

たまたま、本当に偶然なのだが、取材先が志月の営業先だったりすることもあったのだ。昔から懇意にしているお得意様なので当然といえばそうなのかもしれないが、アポを取ったらすぐに時間を作ってくれて、ありがたかった。

『なにかあったんですか？　突然担当者替えっていうから驚いて。大町さんだったら挨拶ありそうなのにと思って、心配してたんです』

今日行った先の会社の社長にそんな風に言われて、志月は苦笑で「後任を宜しくお願いいたします」としか返せなかった。

多少噂話は聞いていたのだろう、けれどありがたいことに、営業先の人々は皆「きっとなにか誤解があったに違いない」と言ってくれた。詳しいことは話せなかったけれど、ありがとうございます、と頭を下げたら、わかってくれたような気がする。

——心配してくれるのはありがたい。でもその辺は俺にも説明はできねえしなー……。

頬杖をついて息を吐くと、隣の席の加藤が「あの」と声をかけてきた。

「音声、大丈夫でした。ありがとうございます」

「いえいえ」

「……大町さんて、すごいですよね」

唐突に褒められて、志月は思わず「え?」と首を傾げた。

「正直、俺なんかはコミュ障ですし、岡本さんも飯窪さんもコミュ力高いってわけじゃないので取材って結構苦労することも多いんですけど……」

「ああ、俺は初対面の人と話すの慣れてるので」

「いえ、慣れとかじゃなくて、大町さんがすごいと思います」

力強くそう言われて、志月は赤面した。臆面もなく褒められると流石に照れるし、素直に人を褒められるのはある意味加藤の武器になりそうなものだが。

——でも、なんかいっぱい話しかけてくれるようになって嬉しいな。

いつも遠巻きにされていたし、飲み会もなんとなく誘われただけだと思っていた。

けれど、稲葉が言った通り、志月は少し悪い方向に考えすぎていたらしい。

仕事をすればするほど、同僚との距離は近くなり、よそよそしさも消えていった。

勿論志月の不祥事もあって当初はぎこちなかったのだろうが、ようは「まだ慣れていなかった」ということらしい。

普段はあまりオフィスにいない飯窪や岡本も、最近では会えば普通に声をかけてくれたりするようになった。

「……大町さん、よかったら飯食いにいきません？」

「え？　ああ、行きます行きます、どこ行きます？」

言いながら立ち上がると、誘ってきた加藤も慌てて席を立った。どこにしましょうかねえ、とちょこちょこ相談しつつ、加藤のおすすめだというランチ営業をしている会社近くの居酒屋に入る。

昼はリーズナブルな値段で数種類の海鮮丼（かいせんどん）を出す店は混雑していたが、テーブル席がいくつか空いていた。それぞれ丼（どんぶり）をオーダーし、息を吐く。

対面に座る加藤と目が合い、互いに「あの」と口を開いた。

「あ、加藤さんがどうぞ」

「あー、いやいや、大町さんがどうぞ」

互いにどうぞどうぞと譲（ゆず）り合（あ）い、なんとなく会話が途切れたので話そうとしていただけの志月が譲る形になる。

「……俺らよりできちゃってる人に言うことじゃないかもしれないですけど、仕事は慣れました？」

「いや、できちゃってはないです。できることだけは精一杯やろうって思ってるくらいのもので」

実際、フットワークが軽く、インタビューなどを取って来るのは得意なのだが、記事をまとめたり、校正作業をしたりというのは、少々不得手なのだ。

教えてもらってなんとかこなそうとはしているものの、一朝一夕でどうにかなることでもないし、センスも必要なので必死に頑張っているところである。

「今は、結構楽しくやらせてもらってます」

「そうですか」

それに、こうして話しかけてもらえるのがありがたかった。

「あの……大町さんに訊きたいことあるんですけど、いいですか？」

改まった問いに、首を傾げる。

「ええ、勿論。なんでしょう」

「じゃあ、単刀直入に訊いちゃうんですけど。横領したって本当ですか」

「――！」

本当に直接的な問いかけをされて、志月は思わず目を瞠った。営業部の同僚や上長たちに向けられた視線を思い返して指先が震えたが、深呼吸してやり過ごす。

「いくらうちが『流刑地』って言われててもそれくらいの噂話は入ってくるというか。もっとも、他部署の社員は、だから大町さんが流刑地送りになったたって思ってるかもしれませんけど。大町さんもうちに来るの、いやだったでしょう？」

微かに笑う加藤に、志月は慌てて首を振る。

「いえ。そんなことは、ないです」

本人たちも、当然ながら自分たちの所属している部署が「流刑地」などと呼ばれていることを知っているらしい。

「社史編纂室が『流刑地』って呼ばれてるの、ご存知なんですね」

「そりゃ知ってます。……まあ実際、曲者（くせもの）というか、クセがある人が多いと思いますよ。室長補佐を筆頭に」

よれよれの稲葉を脳裏に浮かべ、志月は苦笑する。

だが、「流刑地」と呼ばれるような場所ではないと、所属してみてわかった。技術職とも言える職場だし、忙しい。なにより、売上には繋がらないかもしれないが、会社にとって重要な情報を発信したり、管理している場所なのだ。

「いい迷惑ですよ！　陰謀論（いんぼうろん）好きだかなんだか知らないですけどね、俺なんて入社してからずっとあの部署なのにワケアリ物件扱いですよ！」

「あはは……」

実際志月も誤解していたくちなので余計なことは言えない。

「横領については……信じてもらえないかもしれないですけど、俺はやってないんです。本当に」

ちらりとうかがえば、加藤は腕を組み、息を吐く。

「じゃあ、左遷とかじゃなくて純粋に異動なんですか？」

「とも、言えなくて……」

どう説明したものかと、志月も答えあぐねてしまう。

取り敢えず、「嵌められた」ということだけを掻い摘んで説明した。営業部長の名前は出さずに、セクハラに遭っていた女性の話も。志月を犯人だと言ったのは営業部長だが、彼が横領の真犯人かどうかはまた別の話だろう。

なるほどなあ、と話を聞いた加藤が頷いた。

「でもそのお金って、どこ行ったんでしょうね？」

「え……」

志月の言を信じるふうな加藤に、志月は無意識に俯けていた顔を上げる。

「……信じてくれるんですか？」

「信じるというか……横領なんてした社員相手に、処分が甘すぎます。重役ならともかく、大町さんは入社五年目で役にもついてない社員ですよ。だから却っておかしいというか」

　そう言われてみて、確かに、と納得する。

「大町さん視点だと濡れ衣でしょうけど、会社視点で見たら大町さんは横領の犯人のはずなんですよね？　それにしては温情をかけすぎだと思うんですよね。あくまで所感ですけど」

　濡れ衣を着せられたことや、望まぬ異動をさせられたことで十分辛い目に遭ったと思っていたが、考えてみればおかしい。

　大町を訴えないのが、会社の醜聞を外にさらさないため、というのはともかく、内々に済ませるにしろ解雇もせずに別の部署への異動をさせるだけ、しかも会社の内外に積極的に関わる部署に置く、なんて処分をするだろうか。

　そう考えると、やはり懲戒解雇、もしくは自主退社の勧告が妥当に思える。それか、本当の閑職に回すか、もっと劣悪な環境に置くか。

　それに、肝心の「横領金」の返済も、現地点で求められていないままだ。

「確かにそういう会社もあるかもしれないですけどね、裏に『なにかある』って考えたほうがしっくり来るじゃないですか」

　でも解せないな、と加藤が首を捻ったタイミングで「お待たせしましたー！」と店員が丼を運んできた。

一度会話が途切れ、互いに箸を取る。

「――でも、なんで解雇じゃなくて、うちの部署への異動なんだと思います？」

ねぎとろ帆立丼を頬張りながら、加藤が問うてくる。それを俺に訊かれても、と思ったが、一応理由を考えつつ、志月はサーモンいくら丼を口に運んだ。咀嚼しながら、沈思黙考する。

「……俺は、すいません便宜上言っちゃいますけど、だから『流刑地』送りなんだと思ってたんです。飼い殺しにするつもりなのかなって。……でも実際仕事してみるとそういう雰囲気でもないんですよね……」

仕事は忙しいし、外に出る機会も多い。おまけに、第三者とも関わる職場だ。

蓋を開けてみたら、島流しに適当な部署とは到底思えない。

「大町さんの処遇のされ方を考えると、やっぱ俺らとしても色々思うところがあるというか……」

「そうなんですか？　っていうか、そんな話みんなでしてたんですね？」

どうも、志月の知らないところで色々と噂はしていたらしい。蚊帳の外なのは当然だとは思っていたが。

「そうですね。でも、しばらく大町さんと仕事してみて、あの人そんなことするかなって、話になって」

「え……」

「それに、大町さん本人の人となりもそうなんですけど、やっぱり会社の動きが変というか怪しいなって。もしかしたら、大町さんだけじゃなくてうちの部署もなんかに巻き込まれてるのかなって」

志月が納得ずくで会社の黒い部分を隠している可能性もあると考えていたようなのだが、こうして訊いてみて、少なくとも志月が「納得して犯人になった」という状況でもなさそうだと加藤も察してくれたらしい。

「……もし、なんかできることあったら言ってくださいね。できる範囲で、協力しますから」

「あ……、はい」

付き合いの長い同僚たちが信じてくれなかったのに、顔を合わせて間もない加藤にそんな科白(セリフ)を言われて、昼飯の真っ最中だというのに志月はうっかり泣きそうになってしまう。

無実なのかもしれないと、そう思ってもらえただけで嬉しい。

ありがとうございます、と返しながら志月はどうにか涙を堪える。

食事を済ませて外へ出ると、加藤が「実は」と口を開いた。

「さっきの話なんですけど……最初に『大町さん無実説』を唱えたのって、補佐なんですよ」

「え……」

「って言っても前触れなく言い出したわけじゃないんですけどね」

志月の異動が決まったとき、受け入れ側の社史編纂室ではそれなりに話題になったらしい。

だが、横領犯を押し付けられそうだと皆で世間話をしていたら、稲葉が「そうとは限らない」と言ったのだそうだ。

そんな話を聞いて、胸が締めつけられる。稲葉の顔を思い出すと、苦しくて、どきどきした。

「正直、そのときは与太話として聞いてて、大町さんが来てからも別に意見を覆したってわけじゃなくて。……でも、ここんとこ大町さんと一緒にいて、そういうことする人にも見えないっていうか……って、大町さん⁉」

加藤がぎょっとした顔で、慌てだす。志月が涙目になっていることに気がついたのだろう。おろおろしている彼に、志月は小さく笑った。

「……ありがとうございます。同じ部署の人に信じてもらえるってだけで、心強いです」

笑顔でお礼を言ったら、加藤はほっと安堵の表情を浮かべた。

今日誘ってくれたのも、普段は控えめで大人しいタイプの人なのに、慰めようとしてくれていたらしい。その心遣いがありがたかった。

「でも――補佐って、変な人だな」

歩きながら、独り言のようにぽつりと呟いたそれを、加藤が拾って「え？」と声を上げた。

「いえ、悪い意味じゃなくて……。だって、普通横領犯だなんて思われてる人に対してよく知りもせずにそういう風に言います？」

陰謀論好きというわけでもないだろうに。仮に、一夜を共にした際に志月から無実の訴えを聞いていて、異動してくる横領犯と志月が同一人物だと認識していたとしても、わざわざそんなフォローを入れるのはやっぱり変わっている。

下手をすれば、今まで築き上げてきた信頼やチームワークなどが乱れる恐れだってあるのだ。

加藤は頭を掻いて、「まあ確かに」と言った。

「補佐もよくわかんない人なんですよね。まだうちの部署に来て一年くらいなんですけど、なんか正社員じゃないとかなんとかいう話も聞くし」

「えっ⁉　そうなんですか⁉」

補佐のポジションで、誰よりも態度がでかいので、最古参くらいのものかと思っていたが、志月を除けば一番の新参者らしい。

その上正社員ではなく、外部から来た「顧問」の扱いに近いのだという。

「そ、その割にめちゃくちゃ仕事できるってイメージでもないいんですけど……」

「大町さんも結構言いますね……」

それなりに頼りになる上司で、いい人なのはわかるのだが、「顧問」というともっと老成した人物のイメージがあった。

「そのへんは、営業さんと違って目に見えて『できる！』ってのはないと思いますけど、稲葉さんは仕事できると思いますよ」

彼はさくっと定時であがる日もあるが、基本的に部屋の隅っこで日がな一日パソコンをいじっている人、という感じだ。そして朝早くから居て、夜遅くまで残っているその人がよれっとした身なりだと、寝ているか、家に帰っているか、ちゃんと風呂に入っているか、が気になってきてしまうので、シャツくらいはなんとかしてほしいなと志月は常々思っている。

「……まあ実際、変なかっこでぐだーっとした姿勢で仕事はしてますけど」

「……加藤さんもまああ言うじゃないですか……」

やっぱり彼の恰好には加藤もそれなりに思うところがあったらしい。

どちらからともなく顔を見合わせ、揃って吹き出した。

「お疲れ様でした！　お先に失礼しまーす！」

ぺこりと腰を折って挨拶をすると、残っていた加藤と室長が手を上げて「お疲れ様ー」と返してくれた。飯窪と岡本はこの時間いないことが多いのだが、今日はいつも必ずと言っていいほどデスクに座っている稲葉もいないのでちょっと変な気分になる。

――明日は、朝から取材……一応確認しとこうかな。

資料を持ち出しているので、鞄の中を整理しつつ忘れ物がないか廊下に出て確認していたら、すれ違った社員とぶつかってしまった。

「あっ……すみません」

「いえ。――あれっ、大町じゃん」

はっと顔を上げると、ぶつかった相手は営業部を出るときに荷物を運ぶのを手伝ってくれた同期の酒見だった。

脱いだジャケットを抱えた腕に携帯電話を、もう一方の手にビジネスバッグと書類を抱えている。恐らく営業の帰りだろう。

一瞬、彼の顔が真顔になった気がしたが、すぐにいつもの慣れたような笑顔に変わる。

「悪い悪い、スマホ見てて気付かなかった」

「あ……ええと、ごめん、俺も鞄見てて不注意だったから。……元気？」

「まあ、元気かな」

なんか久し振りだなあ、と言って相手が立ち止まってしまい、帰るタイミングを逸する。

志月は帰るばかりなのでいいのだが、酒見はこれから報告書をあげなければならないので忙しいのではないかと思い、長身の酒見をちらりと見上げた。

「いやぁ、今日も暑くて参るなぁ。どうだよ、新しい仕事のほうは」

「ああ、うん。こっちも結構忙しいよ。デスクワークになるかと思ったけど、意外と外回りが多くて」

志月の返答に、酒見はふうん、と相槌を打った。

「心配してたけど、割と充実してるみたいでよかったじゃん。営業より向いてたりするんじゃないの？」

「いや、そんなことは……」

営業の仕事は本当に楽しかったので、社史編纂室の仕事が嫌いなわけではないけれど、戻れるものなら戻りたい。だが、それを志月が酒見に言うのは違う気もする。

「けど、そこじゃ金の動きなんて見えないからやり辛いだろー？」

「え……」

笑顔で言われた言葉に、志月は思わず固まる。笑みを浮かべながらも酒見のその目が探るように自分を見ていて、はっとした。

「酒見、俺は」

「うそうそ、冗談だよ。怖い顔すんなって」

自分よりもよほど怖い目をして見ていたであろう男は、笑い声を上げた。

「でもよかったじゃん、営業にいたら『ああ、あの横領の』っていう顔して見られるけど、社史編纂室ならそんなこともないだろ？」

喉や胸のあたりが、ぎゅっと縮こまるような、息苦しい感覚に襲われる。

ここで酒見が求めている志月の浮かべる表情は、笑顔なのか、それとも悔恨に満ちたものか

——どちらにせよ、眼前の元同僚の気分は晴れないだろう。

外回りが多い営業社員は他者との関わりが多い。実際に「あの横領犯のいた」という態度を取られているかもしれない。そう思うと、元凶である志月に一言いいたくなるのは人として当然の感情とも思えた。

——だけど、俺じゃない。

自分がしたことではないのに、謝ることはできない。

きっとここで一言「悪かった」とでも口にすれば、この場は収めてくれるのかもしれないが、それはどうしても言えなかった。

「お前の残した仕事も分担してやってるんだけどさ」

彼が不機嫌な理由は、単純に仕事が増えた、というところにもあるのだろう。社員が一人減ったが、営業区域もノルマも減らない。多忙になって当然の状況で、志月の引き継ぎだと思うと士気も下がるに違いなかった。

「やりにくいったらないよ。いちいち『なにかあったんですか』って訊かれるし」

「そのことは……申し訳ない」

「しかも大体みんな知ってて訊いてくるしな。大町に引き継ぎの挨拶今からでも来てほしいくらいだわ」

「それは……」

「できるわけねえよな」

一段低くなった声に「どの面下げて」という酒見の気持ちが滲んでいた。

自分が無意識に俯いていたことを、酒見の爪先が動いたことで知る。酒見はそのまま、廊下を歩いていってしまった。

志月はのろのろと踵を返し、エントランスまで歩く。暫く、俯いた顔を上げることができなかった。

自動ドアを通り、外の空気を吸い込んだことで、ようやく呼吸ができた気がした。

――……駄目だ、こんなんじゃ。

酒見が悪いわけではない。同じ立場だったら、優しい言葉をかけることなんてできないのはわかる。

「……弱気になるな！　頑張ろう！」

「――でっかい独り言だなぁ」

「わーっ！」

突如声をかけられて、志月は飛び上がる。

声のしたほうを見やると、今日一日外回りでいなかったため、顔を見ていなかった稲葉が立っていた。稲葉は右手でだるそうに眼鏡のブリッジを押し上げる。

「ほ、補佐……。――って、なんですかその恰好⁉」

「あー？」

うるせえな、と言わんばかりに、稲葉が指で耳を塞ぐ。

「いつもどおりだろ」

「それがまずいんじゃないですか！」

彼は本人が言う通り、いつもどおりのクールビズにも程がある姿だった。

大きめのシャツの袖を肘までまくり、ボタンは二つも開け、裾がボトムの外に出ている。

いっそ外せばいいのにネクタイは緩めて襟に引っ掛けられた状態だ。外出しているから当然だが、今日は革靴を履いていて、それだけが唯一ちゃんとしているので却って浮いている。

到底客先に出向く姿ではなく、元営業として戦々恐々としてしまった。

「まさかその恰好で行ったんじゃないでしょうね、客先に」

「行くわけねえだろ。ちゃんとしてたっつうの」

客と別れてまでやってられるかよ、と言いながら稲葉は更にボタンを一つ開けた。

「もー、だらしない！　許せない！」

「あ、お前……っ」

上司相手という頭はあったものの、抵抗しようとする稲葉のネクタイを摑み、片手でシャツのボタンを嵌めていく。そのままシャツの裾をズボンの中に押し込んで整え、摑んでいたネクタイをきゅっと締めた。

「お前、すごい器用だな」

「どうもありがとうございます！」

髪もなんでこんなにめちゃくちゃにしているんだと、志月は手櫛で整えて、稲葉の前髪を横に流した。

そうするとだらしないいつもの上司がなりを潜め、ほんの少し疲れた風情のサラリーマンが姿を現す。

「ほら、やればできる！　……って、あからさまに面倒くさそうな顔しないでくださいよ！」

「だってお前、今からオフィス戻るだけだぜ俺」

「それにしたって前髪垂らしっぱなしで目に悪そうですよ。ちゃんと分けて流して……」

横より上に掻き上げたほうがいいだろうかと、もう一度彼の前髪に触れる。その瞬間、至近距離でレンズ越しに目があった。

「――っ」

不意に、あの晩の記憶が蘇ってきて、志月の心臓が跳ねる。

ここで狼狽えたらまた揶揄われると思い、唇を引き結んで堪えようとしたが、志月の意思とは裏腹に顔が赤くなってしまった。

稲葉は微かに目を見開き、そして細める。

「……なーに思い出してるんだよ、スケベ」

囁かれた言葉に、志月は弾かれるように手を離して後退った。

「っ、誰がですか！」

「お前だよ、お前」

そう言いながら、稲葉は折角締めたネクタイを再び緩め、第一ボタンを外してしまった。

思わず「あっ」と声を上げてしまう。

「いいんだよ、会社の俺はこれで」

「え……？」

どういう意味ですかと問おうとした瞬間に、腰のあたりになにかが軽くぶつかる感触がした。

「あ、すみませ……」

今日はよくぶつかるなと思いながら振り返り、そこに立っていた女性に瞠目した。

あちらも、志月に気づいてはっと息を呑む。

だが彼女は、志月が何事か言う前に、会釈をしてその場を急ぎ足で去っていった。彼女の背中を見送っていたら、肩越しに稲葉の顔が出てくる。

「わっ！」

「なーに今の。大町の彼女？」

軽口の問いかけに、志月は思わずむっとする。

——「彼女」だったら、あんたと寝るわけないだろ！

関係を持ったことをなかったことにするにしたって、笑えない冗談だ。志月は眉根を寄せながら、肩に顎を乗せてきた稲葉の顔を思い切り押し返した。

「違います。今のは営業事務の青田さんという方で……前の部署でちょっと、フォローしたことがあるだけで」

「ふうん？」

他意はないというか、本当に「フォロー」しただけだ。

――……やっぱり、彼女に関連でもあったのかな。

先程の彼女の様子は、横領犯と関わりたくない、という反応とも少々違った。

青田は、志月が横領の嫌疑をかけられる直前に、営業部長からセクハラを受けていた女性だ。タイミングが良すぎるのでそのこととの関連性を疑っていたが、以前は笑顔で話しかけてくれた彼女の反応を見るに、自分の推測があながち外れてはいなさそうだと確信する。

――……あのあと、どうなったんだろう。

暫く営業部長が大人しくしていればいいが。彼女も営業部長も退職していないので、どうなっているのだろうか。

もやもやと考え込んでいる志月の横で、唐突に稲葉が「ああ」と声を上げる。

「……今のが、件のセクハラを受けていた女性か」

「――！」

何故それを、と言いかけ、そういえばこの男に話してしまっていたのだと思い至る。覚えていたのかとおどろきつつ、志月は曖昧に頷いた。

「礼のひとつくらい、言えばいいのにな」

「え……うわ」

ぐりぐりと子供にするように頭を撫でられ、そして軽く頭を叩かれた。

「辞めてないってことは……どうなってるんだ？」

「わからないです」

気にはかかるが、確かめようとも思わない。ただ——。

「……元気にやっているなら、それでいいんじゃないでしょうか」

志月の科白に、稲葉は目を丸くした。それから、また志月の頭を撫でる。止めてくださいと言おうかと思ったが、なんとなくされるがままになった。

「……補佐は、これからお仕事ですか」

「そ。気をつけて帰りな」

そう言って、稲葉がぽんぽん、と頭を叩いて会社のビルの中に戻っていく。その背中を見送りながら、志月は稲葉に触れられた頭に手をやった。

もっと触れてほしかった。そう思っている自分に気づく。気づいて、ぶるぶると頭を振った。けれど触れられた感触を思い出して顔が火照る。

自分でも撫でて稲葉の掌の記憶を払おうとするのに、心臓は一層暴れ出した。

――……今日は、走って帰ろうかな。

そうでもしないと、内に湧いて出てしまったもやもやを振り払えない気がする志月だった。


それから数日後の金曜日、志月はあの日以来久し振りに、行きつけのバーに顔を出そうと新宿へ足を向けた。この界隈に来るのも、あれ以来だ。

――あのとき、さんざんカウンターで管巻いちゃったお詫びもまだだったし……。

新しい職場に慣れるまでは、そんな余裕もなかった。なにより、稲葉とまたあの店で鉢合わせたらどんな顔をしていいのかわからなかったのだ。

今日は、稲葉は用事があると言って珍しく定時で帰っていった。一方の志月は、客先の都合で二時間ほどの残業のあと、会社を出ることになったのだ。

――まさかかち合ったりはしないよね。

志月は学生のころから度々あのバーに通っているが、稲葉と顔を合わせたのはあのときだけだ。志月と違い、稲葉は常連というわけではないのだろう。

馴染みのショットバーのドアを開けると、金曜日の午後八時過ぎということもあり、いつもより人が多かった。

「あー、いらっしゃい！　ごめん、今日カウンター埋まっちゃってて」

「あ、いいですよ。テーブル席行きます」

声をかけてくれた店長の神崎にそう返す。神崎はドリンクを運びながら目線で謝ってきた。

テーブルといっても、二人がけや四人がけの席はもう埋まっている。店の中央あたりに置かれた相席前提の大きなテーブル席に腰を下ろした。

神崎がすぐに注文を取りに来てくれたので、ジンジャーハイボールをひとつオーダーする。

忙しい時間だがドリンクのオーダーは早く、グラスとお通しのナッツを持ってきてくれた。

「なにか食べる？　ちょっと時間かかるかもしれないけど」

「ありがとうございます。とりあえず大丈夫です。……あと、この間はカウンター陣取ってべろべろに酔っ払っちゃってすいませんでした」

「いいよいいよ。飲み屋だもん。飲んで管巻きたいときだってあるよ。……どう？　少しは状況はよくなった？」

「うーん……ほんの少し、ですけど」

そっか、と優しく微笑んで、神崎が「ゆっくり飲んでいってね」と言って離れていく。

神崎に手を振って、その背中を視線で追う。

――心配してくれたんだな。……そうだよなぁ……。

普段はさらっと飲んだり、健全に他の客と楽しんで帰るだけの自分が、酔っ払ってカウンターで潰れて、一夜限りと思われた相手と消えていったのだ。

――一夜限りのはずが、毎朝顔を合わす羽目になるなんて思わなかったけど……。

苦笑いを隠すように、グラスに口をつける。

「すみません、隣いいですか？」

「あ、どうぞ」

相席前提の席とはいえ、気がつけば席は一つ置きに埋まっていた。本格的に忙しくなってきたらしい。

ナッツをつまみながらカウンターの客の背中を見るともなしに眺めていて、ふと既視感を覚えて目を瞠る。

――あれ……？

一番左端の席に座る客に、見覚えがある。

体にフィットしたスーツと、姿勢良く伸びた背筋。後ろ姿だけでは確信が持てないが、もしやと思ってじっと見つめていると、彼が横を向いた。

――やっぱり、補佐！

今日定時であがった上司が、カウンター席に座っている。

いつものだらしない恰好ではなく、志月と初めて会ったときと同様に、頭のてっぺんから靴先までしっかりと身形を整えていた。会社で毎日かけている少々野暮ったい黒縁の眼鏡も今はかけていない。

——普段あんなだらしないくせに、遊ぶときだけ本気出すのかよ⁉

ネクタイを締めたらお小言うるさい、とばかりの顔をされたことを思い出し、志月はむっと唇を引き結ぶ。

やればできるというか、できるならやればいいのに、どうして会社ではあんなにだらしがないのだろうか。

——逆だろ、普通。なにあれ。

腹の底からむかついてきて、志月は歯噛みした。

——遊ぶときはちゃんとするって、なんじゃそりゃ！

彼の背中を睨みながら、イライラを募らせる。だが、自分がイライラする必要や、権利などないのだと気づいて、志月はひとりでバツの悪い気分を味わった。

客先ではきちんとした服装だというし、特に問題はないはずだ。それなのに、なにを自分はひとりで苛立っているというのか。

——いや、でも社会人だし、示しってもんが……。上司にはちゃんとしていてほしいし、うん。

そんな言い訳を胸の内で呟きつつ、挨拶をするかしないか真剣に悩む。

暫く彼の背中をうかがっていたら、丁度、彼の横の席が空いた。だが思わず腰を浮かせた瞬間に、そこに別の男性が座ってしまう。

あ、と声に出してしまい、志月は慌てて口を押さえて、腰を下ろした。

白いジャケットを羽織った、線の細い男性だ。指でサラリと流された髪から見えた横顔が非常に整っていて、遠目にも美しい顔立ちの人なのだとわかる。

背は志月よりも高く、稲葉よりも低いくらいだろうか。きっと自分が横に並ぶよりバランスがいいだろうな、と思い、無意識に己と比べてしまっていたことに気づいた。

――いや……別に、補佐が誰と付き合おうと俺には関係ないけど……。

オーダーをした男性に、タイミングを見計らったようにすぐさま稲葉が声をかけた。そっと耳打ちをして、互いに笑い合っている。

その距離感に、また胸の奥がもやもやと、そしてむかむかとし始める。

――俺のときみたいに、ナンパですかい。

お盛(さか)んなこって、とやさぐれつつ、志月はグラスを口に運ぶ。

それから、そんな自分に気づいてはっとし、頭を搔いた。

――いや、だから、なんで俺が一夜限りだったあの人のことでイライラしないといけないんだって。無関係、プライベートは無関係だって。

そう思いながらも、目が二人を追ってしまう。

稲葉は、結構ナンパ慣れしているのだろうか。あのときも、さりげなく声をかけてきた。

ホテルに誘ったのは志月のほうからで、だからどうこう言える立場ではないのだが、稲葉は誘われたらすぐ乗ってしまうタイプのようなので、もしかしたら今日は彼と――。

「――おかわりは？」

「っ、店長……っ」

ひょこっと顔を出した神崎に、思わず大声を上げそうになる。神崎を盾に二人の陰になるように移動して、カシスウーロンを注文した。

「カシスウーロンね。了解……どうしたの？」

挙動不審の志月に、神崎が首を傾げる。

「いえ、別になにも……！」

そして、志月の視線がカウンターに向いているのを悟ったようで、神崎はにんまりと笑った。

「わかったわかった、邪魔はしないから」

「いや別にそういうんじゃ……！」

「はいはい。頑張って」

そういうんじゃないんだってばー……と言いたい気持ちを抑えつつ、志月はほぼ空になったグラスに口をつけて、顔を半分隠す。

カウンターの二人は幸い、こちらに気づいてはいないようだ。顔を近づけて言葉を交わしていた。キスでもしそうなくらい顔が近づく度に、志月はどきっとする。

——あっ。

二人が席を立つのを見て、咄嗟に腰を上げてしまった。

そんな自分に再度びっくりして、志月は唇を引き結び、慌ててトイレに駆け込んだ。

この店のトイレは広く、小便器の他に個室が二つあり、男子トイレにもかかわらず化粧直し用の鏡と流しがついている。

用も足していないのに流しで手を洗いながら、志月は息を吐く。

——別に、稲葉さんが誰とどこでなにをしようと、俺に関係ないじゃん。

今日だけで何度もそう言い聞かせながら、先日自分の頭を優しく撫でてくれた掌を思い出してしまうのは、何故なのだろうか。

鏡に映る自分は、泣きそうな顔をしていた。

酔っているせいもある、と言い訳してみるが、瞳の奥に嫉妬の色が浮かんでいる気がする。

「ありえない……」

同僚に恋したことなんてなかった。そもそも、知らなかったとはいえ会社の関係者と肉体関係を持つこと自体ありえなかった。

「——ありえないって、なにが?」

ひょこっと鏡の中に入ってきた男性に、志月は大声で「わ！」と声を上げてしまった。姿勢を正して振り返ると、先程稲葉の横に座っていた男性が立っている。じわっと、背中に冷や汗をかく感覚があった。

「あ、の……」

対面にいる男性は、近くで見ても顔が整っている。少し垂れた目尻と長いまつげが色っぽく、おそらく相手も同じネコだというのがわかるのに、志月もよろめいてしまいそうになる色気だ。少し長めの、さらさらのストレートの髪を右耳にかけながら、彼は首を傾げて微笑む。

「随分俺たちのこと気にしてたみたいだけど……なにか用？」

気だるげで柔らかな中低音の声が、鼓膜を擽る。

「俺の横にいた男でも狙ってた？」

「っ、俺は別に……！」

そうじゃない、と言い返そうとしたのに言葉に詰まり、志月は赤面してしまった。否定したいのに、どうしてか声が出ない。

そんな志月の顔を見て、男がきょとんと目を丸くする。そして、くすくすと笑った。

「ごめんごめん、いじめてるわけじゃないよ」

「別に、そんな風には言ってないです……ごめんなさい、不躾にじろじろ見ちゃって」

いつもはうるさいくらいの自分の声が、消え入るように小さくなる。恥ずかしくて情けなくて、志月は唇を噛んだ。

牽制しにきたはずの彼はそんな志月に呆れたのか毒気を抜かれたのか、笑いながら「ごめんね」と言った。もう完全に負けている。

「あの朴念仁は君の視線には気づいてなかったみたい」

「俺は、その」

しどろもどろになる志月の腕を、男が引く。思いの外強い力に、志月は右目を眇めた。

「――でも、あれはずっと前から俺のだから。手え出さないでね?」

どうやら、ナンパなどではなく待ち合わせだったらしい。

自分の所有物のような言い方をする彼に苛立ちながら、表情筋がショックで強張るのがわかった。言い返すだけのなにかが自分にあるわけでもなく、志月は敗北感を味わう。

男は、そんな志月の顔をじっと眺めていた。手を離してにっこりと笑い、「じゃあね」と志月の肩を叩いて去っていく。検分した結果、相手にならないと判定されたようで更に気が滅入った。

どれくらいそうしていたのか、新たな客が入ってきたことで、志月はのろのろとトイレを出る。

二人はもう店を出たらしく、カウンターの席が空いていた。神崎に「席、カウンターに移動する?」と訊かれて、ぼんやりと頷く。

「トイレから暫く出てこなかったみたいだけど、具合悪い？」

「あ……いえ、大丈夫です」

鞄を手にとって、カウンターの席に座る。あの二人が座っていたカウンター席以外も空いていたので、別のところに腰を下ろした。

――そっか。……あの人と会うために、ちゃんとおしゃれしたんだ。

もしかしたら、初めて志月と会ったときも、そうだったのかもしれない。けれど彼が現れなかったので、志月の誘いに乗ったのだろうか。

なるほど、と納得する一方で、胃の辺りがむかついてくる。

――……俺が、何度言ってもネクタイひとつちゃんと締めてくれないのに……あの人と会うためには、ちゃんとするんだ。

公私でわけるという意味でも、ある程度差があるのは当然だ。もっとも、それならば公のほうをもっとちゃんとしてほしいところだが。

当然だ、当たり前だ、と強く胸中で繰り返すことで動揺と落胆を払おうとする自分に気づき――恋愛的な意味で稲葉のことを気にしていることに気づかされ、唇を嚙む。

稲葉への気持ちを自覚するなり失恋した気分に陥って、下降した気分は暫く浮上しなかった。

バーから帰宅して、就寝するまでの時間をずっと走って過ごしてしまった。

月曜の朝、稲葉（いなば）の開口一番の科白は「お前、湿布くさい」だ。

「……それは失礼しました」

じっとりと睨むように見やると、稲葉は何故そんな顔をするんだと言わんばかりの表情になる。

「どこか怪我でもしたのか」

「違います。……ちょっと週末、走り過ぎちゃって」

金曜の夜は、ぐちゃぐちゃになった気持ちを発散するため、帰宅するなり走り込みをしたのだ。いつもは一時間も走ればすっきりするのだが、あまりに気分が晴れなかった。土日も同様だったので、日曜の夜は更に一時間を足したら、少々筋肉痛になってしまった。

翌日に持ち越したくないのですぐにスプレー式の鎮痛（ちんつう）消炎剤を使ったが、朝起きたら珍しく痛みが残っていた。スーツの下だから見えないものの、湿布が何枚も張ってあるので確かに臭（にお）うかもしれない。

「考え事してたら、いつもの倍走ってました」

「それで湿布ね。……まあ、プライベートは自由にしていいと思うが、あまり無茶すんなよ」

「……はい」

人の気も知らないで、と思いはしたが、知っていたらそれはそれで困るかもしれない。いてて、と口にしながら、席を立つ。

今日は朝から、加藤、飯窪、岡本の三名が出払っていた。室長と稲葉は出かけないらしい。志月は資料室のドアを開けて、先程企画部から問い合わせのあった過去の資料を探す。

——えーと……二十年前のカタログ……ってどの辺においてあるんだっけ。

指で背表紙を確認しながら辿っていくと、いつの間にか稲葉が資料室にいて志月は反射的に息を呑む。

「び……っくりした。どうしたんですか」

資料探しに気を取られて、全然気づかなかった。稲葉は、先週末の夜は綺麗に整えていた今はぼさぼさの頭を掻いて「ちょっと探し物」と言う。

金曜の件については稲葉の与り知らぬところだろうが、なんだか気まずい。

「そういう大町こそ、なに探してるんだ」

「二十年前のカタログです。資料として必要っていうより企画部から問い合わせがあって……」

そう言うと、稲葉は思案するような仕草のあと、別の棚のほうへ足を向け、「これ？」と取り出した。

「あ！　そうです、これこれ！　ありがとうございま……」

差し出されたカタログを受け取ろうとしたが、引っ張ってもびくともしない。怪訝に思って視線を上げると、見下ろす稲葉の瞳とかちあった。眼鏡越しに、稲葉は志月をじっと見つめてくる。

たじろぎつつ、志月は「なんですか」と問うた。稲葉はしばし黙り込んだ後、すぐに手を離す。

「なんとなくやってみたかっただけ」

ふざけた科白を返す稲葉に、志月は脱力する。

「子供みたい」

ぼそっと返すと、稲葉がそれこそ子供が悪戯をしたときのような顔をして笑った。たったそれだけなのに、胸がきゅんとしてしまう。

——一旦自覚すると、駄目だな。

舌打ちしたい気分を抑えて、志月はカタログに視線を落とした。

「……ありがとうございます、助かりました」

「いーえ」

もう一号前のカタログも一緒に、と棚を探す。稲葉も自分の探し物に戻ったようで、棚の戸を開けたり閉めたりしていた。

「補佐は……金曜の夜はどこにいたんですか」

なんとなく会話が途切れたので、そんな問いかけをしてみる。他意はない――というのは嘘だが、稲葉がどう答えてくれるのか気になった。

すぐに答えが返らないので、怪訝に思って稲葉を見ると、彼は志月を注視している。見定めるようなその目に、ぎくりとした。

けれどそれも一瞬のことで、稲葉はいつもどおりぼんやりした顔になり、首を傾げる。

「なぜ?」

「あ、えっと……先週、誰かと歩いてるのを見たって人がいて……」

しどろもどろになりながら、小さな嘘を吐く。自分がバーにいて見た、と言えばいいだけの話なのに、あくまで世間話を装ってしまった。

普段の自分なら、そういう誤魔化しはせずにまっすぐ訊くタイプだったはずだ。どうも稲葉に対しては調子が崩れる。

「それさ、お前になんか関係ある?」

返ってきたあまりにそっけない返答に、志月は手を止めた。震える指先を誤魔化すように一度握り、目当てのカタログを手にとって背中を向ける。

「……そうですね。俺にはなんの関係もないです」

どうもすいませんでした、と言い捨てて、志月は扉を開けて廊下へ出ると、早歩きで企画部へと向かう。

——最悪。

思った以上に、稲葉の言葉がショックで、そしてたったそれだけで悲しくなっている自分を知ってしまった。羞恥心に息が苦しくなる。

——上司に対して俺はなんて口のきき方を……！　補佐の言う通り、上司が誰とどこでなにをしてようが、俺には関係ないだろ⁉

馬鹿なんじゃないのか、と己の行動に頭が痛くなってくる。けれどそれ以上に胸が痛くて、志月は眉を寄せた。失恋したときのように目の前が真っ暗になっていたが、就業中だという意識が志月の足をなんとか動かす。

企画部に依頼されたカタログを届けてすぐに退出したら、廊下に、稲葉が腕を組んで立っていた。

目礼して横をすり抜けると、すぐにぺったんぺったんと間の抜けた足音が続く。サンダルを履いている、稲葉の足音だ。

「大町」

「……なんでしょうか」

「悪いんだけど、俺の仕事も手伝ってくれる？　資料室」

急ぎの仕事もなく、断る理由もないので稲葉に視線を向けないまま「わかりました」と返答する。

二人で再び資料室に戻ると、タイミングよく昼休みを告げるベルが鳴った。

ここは一旦昼休みに入って、午後からまた再開、という流れだろうか。それとも、早く済むことであれば先に終わらせてしまうだろうか。

「ど――」

どちらにします、と問おうとしたら、腕を掴まれた。ぎくりと体を強張らせ、志月は稲葉を見やる。

「……俺が金曜に誰かと歩いてただなんて、お前こそそんな話どこで訊いた?」

「それは、えっと……」

異様に強い視線で射抜かれて、志月は戸惑う。

「お、俺も、あの店行ったんです」

ふうん? とうかがうような様子になったあと、稲葉は志月の腕を掴む手の力を緩めた。

「で? お前はその店で誰と飲んだんだ?」

「一人で飲んで帰りましたよ。……一人寂しく飲んで帰りました!」

言っているうちに虚しさから苛立ってきて、志月は同じことを二回言ってしまった。一人で寂しい上に、稲葉と別の男が夜の街に消えていくのを見送って、その後は一人で黙々と走り込みをしたのだ。

まだどこか疑るような目をしていたので、志月は稲葉を睨み返す。

「言っときますけど、俺普段は誰彼構わず誘ったりとか、誘われたりとかしないので！」

なにが悲しくて、自分がもてないという暴露までしなければならないのか。勝手に暴露しているのは志月なのだけれど。

志月の科白に、稲葉は目を丸くして首を傾げる。

「……じゃあなんで俺を選んだ？」

「えっ？」

「普段は誰彼構わず誘ったりしないが、ストレス発散であの日は、だろ？　じゃあ他にも男はいたのに俺を選んだのは？」

思わぬ返しに、志月は瞠目した。

そして、すぐに自分の顔が燃えるように熱くなる。赤面した顔をまじまじ見られ、志月は後退った。すぐに後方にあった資料棚に退路を塞がれ、背中が当たる。そこに、稲葉がずいと距離を詰めてくる。

「なんで？」

「そ、れは……」

一晩限りと誘ったのは色々あって気持ちが弱っていたからだが、その中で稲葉を選んだ理由は他でもない志月の好みのタイプだったからだ。

自暴自棄になって、大胆な行動に出た自覚はある。けれど、誰でもよかったかと言われたらそうではなく、慰めてきてくれた男性が、稲葉だったから誘ってしまったのだ。

恋愛感情を自覚するより早く、無意識に彼を選んでいたのだと自覚させられて、恥ずかしくて堪らなくなった。

「別に、そういう気分だっただけです！」

稲葉の胸を押し返し、横をすり抜ける。だがすぐに肩を摑まれ、引き寄せられた。後方から伸びてきた手が、志月を抱き寄せる。

「っ……！」

背中に、稲葉の感触を感じて志月は息を詰めた。

誰もいないとはいえ、会社で抱きしめられている状況に、赤面したまま硬直する。心拍数が信じられないくらい上がっているのがわかる。

「言っておくが、俺も普段は誘いになんて乗らないからな」

耳元で囁く低音に、ぞくぞくと背筋が震える。

まるで「誘いに乗ったのは相手が志月だったからだ」とでもいうような甘い科白に胸が高鳴ったが、そんなのは口説き文句のひとつだろう、と冷静な頭もある。

「う、嘘です」

離して、と体に巻き付く腕を剝がそうとするが、稲葉は更に強い力で志月を抱いた。

「なんで嘘だって決めつけるんだよ。傷つくだろ」

潜めた声で、揶揄うような言葉で問われて、どうしてか目に涙が滲んでくる。怒っているからか、ときめいてしまっているからか、自分でもよくわからない。

「だって、あ、あの人が……」

ときめいてる場合かよ、とも思うのだが、胸は先程までよりもどきどきとうるさいのだ。

「あの人？」

「一緒にいた人が……言ってましたもん。補佐は、自分のだって」

志月の体を抱く稲葉の手が、ぎくりと強張る。図星だったかと肩越しに振り返れば、予想と反して、稲葉は心底嫌そうな顔をしていた。

「ほ、補佐？」

「……そりゃ方便だ」

「俺がナンパに困ってるって話をしてたから、助けてくれたんだよ。お前をナンパ野郎だと思って牽制してくれたんだろ」

「あ……そ、そうなんですか？」

それこそ方便の可能性もあったが、「俺があいつと？」と本気で否定しているのがわかったので、取り敢えず信じることにする。

「……なんだ、そっか……」

真偽はともかく一応の否定の言葉があり、胸のつかえが取れた気がして、ほっと息を吐く。

そっかぁ、と繰り返し、頬を緩めると、稲葉がこちらをじっと見ているのがわかった。

はっとして、慌てて前を向く。そして不意を突いて、稲葉の腕から逃れた。

「まあ、別に俺は関係ないですけど！　それで、俺はなにを手伝えばいいんです⁉」

総務に届けて欲しいと言われた資料を持って、志月は早足で資料室を出た。

――ふーん、嘘だったんだ……そっか。

そっかそっかと胸の中で繰り返しながら、志月は妙に自分の足取りが軽くなっていることに気が付かなかった。

総務部に資料を届け、その帰りにふと稲葉の横にいた彼は何者だったのか、ということに思い至る。恋愛関係を否定されたことに気を取られてしまった。

訊き返す勇気も出ず、志月は再び悶々(もんもん)としてしまった。


「――大町(おおまち)」

「はい」

稲葉(いなば)に名を呼ばれた志月(しづき)は表情筋に力を入れ、作業の手を止めて席を立った。社史編纂室の左手奥にある室長補佐のデスクの前に立ち、背筋を伸ばす。稲葉はそんな志月を一瞥し、資料を渡してきた。

「これ、付箋がついたところを参考に、インタビューのたたき台作っておいてくれるか?」

「はい、わかりました」

志月はこのところ、上司である稲葉と対峙すると妙に緊張する。

緊張の原因は、「ぎこちない態度を取らないようにしないと」と気を張ってしまうからだ。そのせいで、却って以前よりも堅苦しい対応になっているのもわかっている。

その「ぎこちない態度」を取りそうになっているのは、先日の夜、とある美青年が志月を捕まえて、稲葉を「俺の」と発言したせいだ。

結局あの美青年は誰だったのか、どういう関係なのか訊きそびれた。

稲葉がきっぱり否定したので、「恋人」ではないのだろうということは推測できる。だが日が経過するにつれて、あれは方便だったのでは、とか、上司の人間関係をいちいち気にしたり邪推したりする権利が自分にあるのか——あるはずがないな、とか、色々と考えてしまった。

会話をしていた流れでなら問うこともできたが、もうあれから何日も経過しているのに、上司の個人的な人間関係を改まって訊くことなどできない。

こんなに気になるのであれば、あのとき、すぐ「ご友人ですか?」とでも聞いておけばよかったのだ。そして、そんなふうにいつまでも悩む自分を、男らしくないと思う。

とはいえ、いちいち動揺を露(あらわ)にするわけにもいかないので、平常通り業務をこなしているつもりだ。

「ああ、それと、時間があればこっちの雑誌の記事にも目を通しておいてくれ。なるべくインタビュー内容が重複しないように」

「わかりました。重複する質問数はどれくらい許容しますか?」

「その辺はインタビュー量にもよるだろうから、調整してみてくれ。よろしく」

頷き、差し出された雑誌を受け取ろうと摑んだものの、稲葉が手を離さない。怪訝に思って初めて稲葉の顔をうかがえば、視線が合った瞬間に彼は目を細めた。

「……どうして目を合わせないのかな? 大町?」

「気のせいじゃないでしょうか」

と言いながら、自分の視線が明後日(あさって)の方向に流れていくのを止められない。そんな志月の反応に、稲葉はくっくと喉を鳴らしながら笑い、雑誌から手を離した。不自然な志月の態度に気付きながらも、稲葉はそれを楽しんでいるようだ。

——有り難いやら、なんか悔(くや)しいやら……。

しかも、こういうちょっかいを出しつつ笑顔になる稲葉に、どきどきしてしまうのだから救いようがない。

「大町。そういやお前、アンチクールビズやめたのか?」

「アンチってわけじゃ……。今は営業じゃないし、この暑さですから多少は」

営業時代は、営業戦略のひとつとして夏でもネクタイ・ジャケット着用を信条としていたが、今は営業職ではないし、今年の記録的な猛暑日のおかげで社内でもクールビズが推奨されている。

それでも社内は空調が効いているし、七月一杯は頑張ろうと思っていたが、猛暑日が続いたので半ば頃から半袖のワイシャツにネクタイを締めて出社している。

「ネクタイもやめれば？　それも暑いだろ」

「いや、これは締めてないほうが却って気持ち悪くて……」

「へえ、そういうもん？」

「補佐は開けすぎですからね⁉」

会話をしながら既に二番目まで開けているシャツのボタンを、稲葉が更に外す。志月は咄嗟にそれを資料を持っていないほうの手で留め直してしまった。

志月の手の上に、稲葉の掌が重なる。資料室で、背後から抱き竦められたときの腕の力の強さや肌の温度、吐息の感触などが不意に蘇った。

はっとして、弾かれるように手を離す。稲葉に、また笑われた。

「ありがとさん」

「……いいえっ」

くるりと踵を返し、志月は己の顔が赤くなるのを自覚しながら、自分の席へと戻った。

椅子に腰を下ろすと、隣の席の加藤が「どうしたんですか」と小声で問うてくる。

「どうもしてないですけど……なんか変ですか」

「なんか変ですかって訊かれたら、全体的に大町さんが変ですけど」

オブラートにまったく包まずに指摘されて、志月はデスクの上に撃沈する。

「だから補佐となんかあったのかな、と」

更に追い打ちをかけてきた加藤に、目を瞠った。

「な、なんで補佐限定なんですか。なんかってなんですか」

志月が堪らずに小声で聞き返すと、加藤は無表情のまま首を捻った。

「だって、大町さんがおかしくなるの補佐相手のときだけですから。補佐となにかあったのかなって思うのは自然ですよね」

一体どこまで知っているのかと内心焦るものの、特段深い意味はないのかもしれない。

傍から見てもおかしいのは重々承知していて、それでもどうしても体が言うことを聞いてくれないのだ。はあ、と志月は大きく溜息を吐く。

「すみません……でも、別になにもないんですよ本当に……」

「別に謝ることじゃないと思いますけど。ある意味補佐に対して上司相手にするみたいに対応してるの、うちの部署で大町さんだけですし」

フォローなのだと思うが、それはそれでどうなのだろうと志月は苦笑う。

「なにかあったら、できることならフォローしますんで言ってください」

素っ気ない口調だが、心配してくれているらしい同僚に、志月は目を瞬く。

「ありがとうございます。そのときは、頼らせてください」

満面の笑みで返すと、加藤は眼鏡のブリッジを押し上げつつ、「いえ」と小さく返してパソコンに向かった。本人は「コミュ障」と自称していたが、決してそんなことはないと思う。

——加藤さんを心配させちゃいけないよな。しゃんとしないと！

営業で成績を上げていた志月だが、腹芸は得意ではない。装うよりも克服したほうが早いはずだ。とにかく一日も早く、この緊張感を払拭したい。

——今日も走り込みだな。

連日そんな調子なので、志月はこのところ毎晩走り込みを続けている。走っている間は無心になれるし、疲弊すればなにも考えることなく眠りにつけるからだ。お陰で、近頃は以前よりも体力がついた気もする。

けれど朝目を覚まして、出社して、稲葉と対峙すると、また緊張して目が合わせられなくなるのだ。

滅入りながらも黙々と仕事をこなしているうちに、やっと昼休みの時間を迎えた。隣の席の加藤が背凭れに背を預けながら伸びをする。

「大町さん、飯は」

「午後は外回り……じゃなかった、取材で外に出るので、そのまま行っちゃいます」

「了解です。気をつけて」

資料を鞄に詰め込み、席を立つ。

さりげなく稲葉を見たら、パソコンのモニタをじっと眺めていた。それが当然なのだが、なんだか少し残念に思っている自分に気がついて、志月は胸を掻き毟りたい衝動に駆られる。

ふう、と息をひとつついて気持ちを落ち着かせ、スケジュールボードに今日の予定を書き込んでドアへと向かった。

「大町、出まーす!」

いってらっしゃーい、という言葉を背に受けて、志月は社史編纂室のオフィスをあとにした。

外に出れば、以前と同様に仕事に集中できる。稲葉が傍にいないからだ。

恙無く午後一番の取材を終え、すぐに次の現場へ向かう。夕方からアポイントメントを取っていた協力会社の営業部へのインタビューを終えた頃には、午後七時を過ぎていた。

——んー……どうしようかな。

このまま帰宅してもいいのだが、最後にインタビューをした会社と勤務先のオフィスビルまではさほど離れていないので、音声データやメモは会社に置いてから帰ろうかと算段をつける。

——この時間だったら補佐……じゃなくて、みんな家に帰ってるだろうし。

携帯電話の地図アプリで会社までの距離を確認する。

現在地から勤務先までは四キロ弱というところだ。歩いても大した距離ではないが、走ればすぐに着く距離である。とはいえ、汗もかくし、外回り用の革靴で走るわけにはいかないので徒歩で我慢した。

時折会社から走って帰ることもあるので、営業部時代からロッカーには常にランニングシューズと着替え、通勤鞄とは別のランニング用バックパックが置いてある。それらが今ここにあればなあ、と志月は思案した。

——スニーカー持って移動すると荷物になるけど……ちょっとやってみたいよなぁ。

外回りにランニングシューズを履く猛者もいるようだが、志月には真似できそうにない。かといって、外回りのときにシューズを入れた大きなバッグを携帯している姿を想像すると、あまり見目がよくない。やはり携帯しての移動は現実的ではないな、と結論づけて、早足で勤務先へ向かった。

二十分ほどで会社に到着すると、志月はすぐに社史編纂室へと足を向けた。

——あれ？　まだ誰かいる……？

誰も残っていないであろうと思われた社史編纂室には、うっすらと明かりが点いていた。その状況があのセクハラ事件を目撃した日のことを想起させて、志月は無意識に眉根を寄せてしまう。薄暗いオフィス、というのは志月にとっては不幸を暗示させ、ほぼトラウマに近い。とはいえ、社史編纂室であんな状況が起こるとは思えないので、消し忘れか、誰か残っていると考えるのが妥当だ。

──補佐だったら、なんだか顔を合わせにくいんだけどな。

躊躇しながらそっと扉を開けると、稲葉が一人で作業をしているのが真っ先に目に入った。ほんの少し、自分の頬が強張るのがわかる。

「……ただいま帰りましたぁ……」

どうしても嫌そうな声が出てしまって、俯きがちにオフィスに入ると、「おかえり」と返った声が稲葉のほかにもあって、志月は覚えず顔を上げた。

稲葉の隣のデスク──室長の席に男性の姿がある。

濃いグレーのスーツを纏い、姿勢よく座っているその美丈夫に見覚えがあって、志月は背筋を伸ばした。

「じょ、常務……!」

思わず上ずった声を出してしまい、慌てて口を押さえる。常務取締役の塚森賢吾は微かに目を瞠った後、整ったその顔貌に微笑を乗せた。

「僕の顔、知っててくれてるんだ?」

「も、勿論です……！」

一介の営業部員と常務取締役が相見える機会などないので、こんなに近くで塚森を見るのは初めてだった。

──わああ……！　あの常務が、俺の目の前に！　やばい、実物のほうが何倍もかっこいい……！

自社の社長令息という立場にいながら、七光だと言わせぬ経営手腕をふるう常務の武勇伝は、営業時代に先輩社員や上司から何度も聞かされていた。

実際、志月が目の当たりにしたことがあるわけではなかったが、常務の功績は明確に数字で残っている。志月が憧れるには、それだけで十分だった。

加えて、塚森は俳優かと思うくらいの美形であり、非常に志月の好みのタイプでもある。新聞や社内報に掲載される度にしばし眺めてしまうほどで、志月にとってはアイドルを見る感覚に近かった。

──本物だあ……。

好みのタイプなのも本当だが、本人を前にすると「有能な、憧れの人」という気持ちが勝る。志月は背筋を伸ばしたまま、塚森に見惚れてしまった。まさに、襟を正すような気持ちになる。

不躾だとは思いながらも釘付けになってしまう志月に、塚森も他者の視線に慣れているのだろう、特に嫌がる素振りもなく、ただにこにこと見返してくれていた。

「塚森」

「ああ、悪い。ええと……稲葉の部下の……」

視線を向けながら問われ、志月は再度姿勢を正す。

「あっ、お、大町と申します！」

「大町くんね。遅くまでご苦労さま」

「は、はい……っ！」

名前を呼ばれた、労い(ねぎら)の言葉をかけてもらえた、という喜びに目を潤ませつつ、志月は勢いよく頭を下げた。

塚森、と再度名前を呼んだ稲葉に、塚森ははいはいと苦笑して志月に小さく手を振る。

――こんな、一介の平社員に気さくに声をかけてくれるなんて……素敵な方だなあ。

アイドルに声をかけられたら、こんな感情を抱くのかもしれない。まさに、天にも昇る気持ちだった。

このところの悶々としていた気分が一気に霧散(むさん)したようだ。志月はうきうきと自分の席に着く。さっそく作業に取りかかると、士気が上がったせいか、いつもよりも手が早くなった気がした。

――あれ？

ある程度ファイルデータを纏め、高揚(こうよう)していた気分がほんの少し落ち着いたところで、疑問が頭を擡げる。

そもそも、常務が何故社史編纂室にいるのだろうか。

稲葉は「塚森」と呼び捨てにしていたし、今も気安い口を利いている。つまり二人は見知った仲なのだろうが、常務はここに一体なんの用事があるのだろうか。訊ねるわけにはいかないが、気になる。

――仲良さそうだけど、どういう仲なんだろう。

しばし考え込み、二人の共通点を探ってみて、稲葉と塚森が同い年だということに気がついた。

――一番ありえるのは「同期」だけど……稲葉さんは中途入社でまだ一年くらいしか経ってないって言ってたから違うし……。学生時代の知り合い、とかかな？

幼馴染み、同級生、同期、親戚、もしくは恋人とか――そんな考えに至ってしまい、心臓が跳ねる。

――いくら俺と補佐がゲイだからって、飛躍させすぎ。

己を諌めつつ、志月は無意識に二人のほうに目をやった。二人とも系統は違うが揃って美形で、並ぶと非常に絵になっている。

稲葉が手招きし、塚森が腰を上げた。そして、稲葉がなにごとか塚森に耳打ちする。

その様子をじっと見つめていると、彼らは志月の視線に気付いたように同時に顔を向けた。

志月は一瞬固まり、逃げるように前傾姿勢になってパソコンのモニタに隠れる。

——仲がいいというか……なんか、息が合ってるって感じがするなあ。

かちかちとキーを打ちながら、胸の奥で渦巻く嫉妬に似た気持ちを覚え、すぐに振り払った。

一体、どちらに嫉妬しているのか自分でもよくわからない。

悶々とし始めた志月を他所に、二人はなにやら声を潜めて話し合いを続けていた。はっとして、志月は急いでパソコンの電源を落とす。

——俺がいるから耳打ちしてるんだろ！　うわあー！　お二人ともすみませんでした！

志月のような第三者がいるからこそ小声なのだと、そんなことにすら気がつくのに遅れてしまった。二人の近さにわずかでも嫉妬心を抱いた己が情けなくなる。

申し訳なく思いつつもすぐに退室しようと鞄を手に取った矢先、塚森が「じゃあ、そういうことでよろしく」と切り上げた。

——しまった……。

己の察しの悪さを呪っている志月に、塚森はにっこりと微笑みかける。

「じゃあ、大町くん。仕事、頑張って」

「は、はい！　ありがとうございます！　お疲れ様でした」

志月は席を立ち、深く腰を折る。塚森は渋面を作っている稲葉に、「あんまり遊ぶなよ」と告げて肩を叩くと、社史編纂室を出ていった。

ドアが閉まる音を聞いてから、志月はやっと顔を上げて腰を下ろす。稲葉を見ると、彼は無表情のままパソコンに向き合っていた。

「……すみませんでした」

「なにが？」

開口一番謝罪を口にした志月に、稲葉はパソコンのモニタを眺めながら頬杖をつく。

「もっと早く退室すべきでした……」

「ああ、別に構わねえよ。お前だってやることがあるからここにいたんだろ？　本当に聞かれてまずい話だったら、別室に移動してするから。気にすんな」

稲葉はそんなふうに言いながら、面倒臭そうに手を振る。

「あの……内容は全然聞こえなかったので」

なんの言い訳にもならないと思いつつ言うと、「だから別にいいって」と稲葉は頭を掻く。

「それよりお前、なんだよさっきのは」

「さっきのって？」

「なんだかあいつへの態度と俺に対する態度と、随分違うじゃねえか。高い声出しやがって」

叱責されるかと思えば予想外の科白が飛び出してきて、志月は目を瞬く。

「別に……高い声なんて出してません」

「嘘つけ。猫かぶりやがって」

「猫なんてかぶってませんけど、しょうがないじゃないですか、常務ですよ⁉　若手社員憧れの塚森常務！」

勢いよく返して、志月は塚森が消えていったドアをうっとりと見つめた。この先こんなチャンスはないのだろうから、もう少し眺めておけばよかったかもしれない。

かっこよかったぁ、と呟けば、人がこんなに感動しているというのに稲葉は「あっそ」とそっけない返事だ。

「……そういや、そんなこと言ってたな、前に。憧れてるとかなんとか」

「え？　俺言いましたっけ……」

隠しているわけではないが、社史編纂室に異動になってからそんな話をどこかでしただろうかと首を捻る。

そして、初対面の――初めて寝たあとに、常務を「憧れの人がいる会社に内定をもらえたのが嬉しかったから、まだ会社を辞めたくない」というふうに喋ってしまっていたのを思い出した。志月は思い切り赤面する。

――目の前の「室長補佐」と「教明(のりあき)さん」が遠くて、一瞬繋がらなかった……。

直截に蒸し返されたわけではないが、肌を合わせたことを想起させられて頬が熱くなる。咳払いをひとつして、志月は話を元に戻した。

「でも、だって、常務は凄いんですよー！」

若手社員の間でよく出る「かっこいい常務エピソード」を、志月は必死に語りはじめた。ひとつめが喋り終わっていないというのに、稲葉はもういいと遮る。

「なんでですか。こっからがいいとこなのに」

「別にわざわざ聞きたくねえって。その話、知ってるし」

鬱陶しそうな稲葉の顔に、志月は唇を尖らせる。

――あ、でも知ってるんだ。

同業者ならば知っているし、一般の人でも知る人ぞ知る、という情報ではある。だが今の返事で、やはり二人は「常務と社員」以外の関係性があるのではないかと感じた。

「補佐と常務ってどういうご関係なんですか」

つい、そんな質問が口をついて出る。

「――どういうって？」

普段からテンションの高い男ではないが、やけに低い声で問われて志月は目を瞬く。

「し、失礼しました。……すみません」

上司相手に不躾な問いだったと、志月はすぐに頭を下げた。稲葉が舌打ちをする。

「違う。別に叱っているわけじゃない。……あいつとは中学から大学までの同級生なんだ」

あっさりと教えてくれた答えに、志月は顔を上げる。稲葉はどうしてか不機嫌そうに、頬杖をついたまま志月を眺めていた。

子供の頃からの知り合いならば、彼らの気安い遣り取りの理由もわかる。彼の言葉を信じるのなら、先程邪推した「恋人」という関係でもないのかもしれない。ほんの少しだけ、ほっとする。

「それだけだ。他になにか訊きたいことは？」

「学生のときの常務ってどんな感じだったんですか？」

追加の質問をしていいのかと、志月は前のめりで問う。やはり、子供の頃から他の子供とは違うなにかがあったのだろうか。

目を輝かせて返事を待っていると、稲葉はじろりと志月を睨んだ。はっとして、志月は居住まいを正す。

――……調子に乗りすぎたかな。

だって他になにか訊きたいことはって言うから、と心の中で言い訳をしている志月に、稲葉が手招きする。

「……教えてやるからちょっと来てみな」

「はい！」

一体どんな逸話が出てくるのだろう。わくわくしながら稲葉の元へ向かう。

デスクの横に立ち、話してくれるのを待っていたら、稲葉が大きく溜息を吐いた。

「お前さ」

「はい？　それで、常務の学生時代って？　あ、写真とかないんですか？」

笑顔で催促すれば、稲葉は眉間に深く皺を寄せた。

再度、志月をちょいちょいと手で呼び、内緒話のように口元に手をやる。そんな仕草があったので、志月も耳を寄せた。

稲葉が微かに上体を寄せてきたので屈むと、不意に肩を軽く抱き寄せられた。

――えっ。

彼の唇が頬に押し当てられた感触がして、志月は「わあ！」と声を上げて逃げ出す。

離れる瞬間、肩から首筋にかけてを撫でられ、志月は両手で自分の首を押さえた。

「な、なにするんですか！」

「……あんだけ俺に対してぎくしゃくしてたくせに、塚森の話で釣られてんじゃねえよ」

ばーか、と舌を出す稲葉に、志月は顔を真っ赤にして口を開閉する。

騙されたのも腹が立つし、稲葉の子供っぽいやりかたや態度にも、頬とはいえまんまとキスをされ、しかも心拍数がとてつもなく上がっている自分にもムカついた。

「ぎくしゃくなんてしてませんし、こういうのよくないと思います！」

なんでこんなことをするんだとキスされた頬を擦りながら睨めば、稲葉は無表情のまま首をごきっと鳴らした。

「よくないって、なんで？」

まさかの返答に、咄嗟に言葉が出てこない。

「な、なんでって……」

会社の中であってもなくても、付き合ってもいない相手を抱きしめたり、頬にキスしたりするのは、よくないことだ。たとえ付き合っていたとしても、会社の中でそういった行為に及ぶのは、よくない。

自明のはずで、間髪を容れずに「何故」と問うような次元の話ではないのでは、と常識的なことを言いたいのに、あまりに堂々と問われてしまって返答に詰まる。

「それは、その」

一番の問題は、志月が先程の稲葉の行為を心底嫌だとは思っていないということで——そして、常務と鉢合わせたことで少し形を潜めていた稲葉への気持ちが噴き出してきた。

視線が合わせられなくなって、志月はまた、稲葉から目を逸らした。稲葉は、志月のネクタイに指を絡める。

「だって、セクハラ……です。今の」

「そりゃそうだ」

悪びれなくあっさりと肯定した稲葉に、志月は呆気に取られる。

「と……とにかく、そんなことよりも補佐も遊んでないでちゃんと仕事してくださいね！」

そう言い放ち、ネクタイに触れていた稲葉の手を払って、志月は逃げるように自分の席へと戻った。既にパソコンの電源は落としてあるので、携帯電話などを詰め込んだ鞄を手に取る。

「別に遊んでないだろ。連日忙しいっての。これ以上働けとか殺す気か、お前」

愚痴りながらパソコンに向き合った稲葉が、一瞬の間のあと「あー」と察した声を上げた。

「『遊ぶな』ってさっきの、塚森の科白か」

「そうですよ。常務にも言われたでしょう、遊ぶなよって」

俺はちゃんと聞いた、とばかりに告げれば、稲葉が頭を掻く。

「ああ……まあ、確かに言われたな。別に、遊んでるつもりはないが」

「じゃあ、早いところ業務に戻りましょう」

志月の言葉に、稲葉がふっと小さく吹き出した。

「だから遊んでねえって。……俺は、割といつでも本気なんだがな」

「割とじゃなくて、さっさと本当の本気出してくださいよ」

常務と友人ということは優秀なのかもしれないし、本気を出さなくても仕事を回せるのかもしれないが、日々全力投球している志月からすると少々悔しい話だ。

稲葉はにやっと笑う。

「じゃあ、本気出すからな?」

「だから出してくださいって」

なにを出し惜しみしているのかと思い言い返せば、稲葉は苦笑して、腕組みをしつつ椅子の背凭れに寄りかかった。

「大町、お前さ。結構鈍いって言われないか?」

「お言葉ですけど、俺は昔っから察しがいいって言われるほうです」

営業部にいたときも、顧客から目配り気配りをよく褒められたものだ。

一体なんの悪口かとむっとすれば、稲葉は笑って「本気の俺は凄いぞ」と口にする。

「はあ、頑張ってください」

一体なんの問答だったのだろうと嘆息し、志月はドアの横の壁に設置されているタイムレコーダーの前に立った。社員証を押し当てようとして、首にかけていないことに気づく。

そういえばさっき鞄に入れてしまったかもと、中身を探った。

——あったあった。びっくりした。

失くしたんじゃなくてよかったと安堵しつつ、社員証を押し当てる。ピッと機械が音を立てたのと同時に、顔の横から稲葉の腕が伸びてきた。

「……っ」

息を詰め、振り返る。補佐、と口にするより早く、唇を塞がれた。

「ん……!」

鞄が、床に落ちる音がする。抵抗しようと稲葉の胸を押し返そうとしたけれど、呼吸ごと奪うようなキスに力が入らない。舌で口腔を愛撫され、強い力で抱き竦められると、体の力が抜けていく。

いつの間にか志月は瞼(まぶた)を閉じ、両腕を稲葉の背中に縋(すが)るように回していた。

「ん、……は」

角度を変えて深くなるキスに、次第に夢中になる。

やがてどちらからともなく唇が離れ、項を撫でられたことで志月は瞼を開けた。眼前に、憎(にく)たらしくも得意げな顔をした男がいた。

稲葉が、唇を舐(な)める。その動きをつい目で追ってしまってから、我に返った。志月は慌てて口元を押さえる。

「ばっ……、なにして、会社で、し、仕事中になにしてるんですかっ」

しどろもどろになって抗議すると、稲葉がくっと喉を鳴らす。

「だから、タイムカード切るまで待っただろ?」

あんたは切ってないでしょうがと反論しようとしたが、顧問扱いの稲葉はタイムカードを切る必要がない。

「なんで、こんなこと」

しつこいキスのせいで、舌がもつれる。志月は渋面を作り、口元を押さえた。

「俺の前で、他の男を褒めたり認めたりするのが悪い」

右目を眇めて笑い、稲葉は志月の濡れた唇を指で拭うように触れる。たったそれだけの接触で、ぞくりと腰が震えた。頬が一気に熱を持ち志月は顔を背ける。稲葉が更に顔を近づけてきて、志月はもうそれ以上後ろに下がれないのに必死に背中を壁に押し付けた。

「セクハラじゃなくて、本気を出せって言ったのはお前だろ？」

「っ……、そういう意味じゃないです！」

志月は稲葉の胸を思い切り押し返し、落とした鞄を拾い上げる。

「仕事のことに決まってるでしょう！　あんた馬鹿じゃないですか！」

最低です！　と叫んで、志月は社史編纂室を飛び出した。ばたんと大きな音を立ててドアを閉め、定時を過ぎてすっかり人気のなくなった廊下を大股の早歩きで進む。

そして角を曲がってエレベーターホールに差し掛かったところで、へなへなとしゃがみこんだ。

――……補佐の、アホ……っ。

久し振りに交わしたキスに、体が甘く痺れている。辛うじて勃ってはいないものの、危ないところだった。

だが、奪われるような口付けの気持ちよささを思い出すと立てなくなりそうで、志月は頭を掻き毟る。

――アホなのは俺もだよ。なにを、舌絡めちゃってんだよ。抱きついちゃってんだよ。神聖な職場でなにをしてんだよアホ、このアホ！

稲葉のせいにばかりできないのはわかっている。抵抗など殆どせずにしっかり応えてしまって、あまつさえ感じてしまった。

無言のまま自戒し、よろめきながら立ち上がった志月は、あまり深く考えるのはやめようと頭を振る。

エレベーターのボタンを押し、ふう、と息を吐いて、まだ感触の残る唇を拭った。


恋愛に対して本気を出す、という主旨のことを言っていたが、一体どうなってなにをされるのだろうか。

そんなふうに少々身構えていた志月とは裏腹に、稲葉はその後、なにも仕掛けては来なかった。志月も含め仕事が忙しかったので、それどころではなかったのかもしれない。

よく考えてみれば、自分たちは既に肉体関係を持ったことがあるのだ。今更関係性が変わるかといえば、まったくそんなこともないのだろう。

「補佐。原稿のチェックお願いします」

「ん。そこ置いといて」

「よろしくお願いします」

印刷した原稿を、稲葉のデスクの上に置く。今日も残業組は稲葉と志月だけだ。金曜日ということもあるのか、他の面子(メンツ)は早々に帰宅している。

そしてキスされてからというもの、あんなにぎこちなく応対していたにも拘わらず、志月は稲葉を前に平静さを保てるようになった。ショック療法のようなものかもしれない。

ちらりと稲葉の様子をうかがう。稲葉は眼鏡を外して目をこすり、椅子の背凭れに身を預けながら伸びをした。

そんな体勢の稲葉と、視線がかち合う。

「大町。お前、まだ仕事？」

「いえ、もう切り上げて帰ろうかと……」

「俺も。なあ、一緒に飯でも食いに行かねえか」

先程原稿を出したところなのにチェックしてくれないのか、と思ったが、もう金曜日の夜なので、どのみち残りの作業は来週だ。

「……いいですね。行きましょうか」

志月が頷くと、稲葉は伸びをしながら立ち上がった。志月も腰を上げて、タイムカードを切る。

——この間のことも、訊きたいし。ちょうどよかったかも。

本気を出すというのは、恋愛のことだったのか、それとも「本気のキスを見せてやる」という意味だったのか。

最初は前者の意味で捉えていたのだが、あまりに平常通りの毎日が続いたので、もしかしたら後者なのではという疑念が浮かんだのだ。自分は察しのいいつもりでいたのだが、稲葉の言う通り鈍いのかもしれない。

「飯、なに食う？　居酒屋でもいいか」

「はい、俺はどこでも——」

会話をしつつ、廊下の向こう側から歩いてきた人物に、志月は足を止めてしまった。怪訝そうにした稲葉が、志月の目線の先を見る。

そこに立っていたのは、営業部長のセクハラ被害者である青田（あおた）だった。彼女も仕事を終えたところなのかもしれない。

「青田さん……？」

名前を呼んだ志月に、青田は頭を下げる。彼女は小さな声で「あのときは、ありがとうございました」と言った。

「あ、いえ。……当然のことをしただけだと、思っていますから」

しばらく頭を下げたままでいた青田はようよう顔を上げる。ほんの少し、窶（やつ）れたようだ。彼女は志月と違い、あの件以降も営業部に在籍したままだった。

「それより、今は大丈夫ですか?」

志月の問いかけに、青田は微苦笑を浮かべる。そして、曖昧に首を傾げた。

その挙動に、彼女がまだ、なんらかの嫌がらせを受けているのは推測できた。

「あの、今からでも遅くないので、コンプラ部署か警察に行きましょう。そのほうが……」

そう言いかけて、志月は傍らに青田と面識のない稲葉が立っているのを思い出し、口を噤む。自身がセクハラを受けていることを女性としてあまり口にしたくないだろうし、吹聴されたくないはずだ。

稲葉は色々あって青田にまつわるある程度の事情を把握はしているが、青田自身がそのことを知らないので下手に話題にしづらい。

「いえ。……私のことより、大町さんが横領しただなんて言われて……誤解を解くことができなくて、ごめんなさい」

「それこそ、青田さんのせいじゃないでしょう? 気にすること、ないですよ」

志月の科白に、青田は微かに笑ってみせた。儚げな美人のそんな挙動に、もし自分が異性愛者であればときめいた場面だろうかと考える。

青田は、会釈をして踵を返した。その背中が消えるまで見送り、志月は頭を掻く。

「……すみません、行きましょうか」

「ああ」

口を挟むことなく立っていた稲葉は、頷いて歩き出した。

駅前の居酒屋チェーンに入り、互いに頼んだビールが到着したところで、稲葉は「それで?」と口を開いた。

「あれ、この間大町とぶつかったときに、無視したセクハラ被害者だよな? しれっと謝ってきたが、どういう心境の変化だったんだ、あれは」

やはり、稲葉も状況を察していたらしい。志月はビールを一口、口に含み、「うーん」と首を傾げる。

「……俺にはよくわかりませんが、色々と気持ちが落ち着いたんですかね?」

自分のせいでトラブルに巻き込まれた相手がどう出るか、誰にもわからない。もしかしたら事情を言いふらされるかもしれないし、恨まれて襲われるかもしれない——そう思っても不思議ではない。

だから、先日志月と接触したときに、怖くなって逃げ出したのだとしても、仕方がない。

そんな自分の考えを話すと、稲葉はビールジョッキを片手に右目を眇めた。

「それは、物事をいいほうに捉えすぎなんじゃないのか?」

「そうですか?」

「大町、お前は人が好すぎる」

半ば呆れたような稲葉の科白に、志月は「そんなんじゃないです」と苦笑した。

「人がいいんじゃなくて、前向きなだけです。俺は」

「……なるほど」

人がいいというより、そうでも思わないとやっていられない、と思う気持ちもあるからだ。

物事を、悪い方向にばかり考える必要はない。

確かめもできないことを、すべて悪い方向に転がしたら、心が荒むだけだ。それで事態が好転するならまだしも、そうではないのだから。

「それに、多少嫌なことは走って発散できますしね！」

脳筋全開なことを言って笑う志月に、稲葉は一瞬目を丸くし、吹き出した。

「あとはセックスとかな」

「……だから、そういうこと言うの駄目です！」

「いってえ！　お前上司を蹴るなよ！」

「補佐が先に無礼なこと言ったんだから、お返し……じゃなくて、酒の席なんで無礼講です」

「今のはお前が話を振っただろ⁉」

「振ってませんよ！」

そんなことを言い合っていたら稲葉に蹴り返されたので、更に応戦する。テーブルの下でおとなげなくどたばたと攻防を繰り返していたが、店員が料理を運んできたので一時休戦とした。

互いにタン塩串を齧っていると、稲葉が口を開く。

「彼女が営業部長にセクハラされている現場を、大町が目撃した。反射的に助けに入ったが、営業部長から睨まれ、その後身に覚えのない横領罪で自宅待機。編纂室へ異動となった。彼女はその経緯を察してはいるものの、大町の名誉回復はせず、一方で自分も相変わらずセクハラを受け続けている」

「多分、そうなんでしょうね」

「なあ、ひとつ訊いていいか?」

串を皿の上に置き、稲葉は残っていたビールを飲み干した。

「大町は、営業部のフロアでその現場を目撃したんだよな?」

「はい、そうです」

「……どうして、大町だけが目撃できたんだ?」

稲葉の質問の意図がわからず、志月は首を傾げる。それは、偶然としか言いようがない。

だが、稲葉は更に問いを重ねた。

「営業部は、普段から社員の出入りが激しいだろ。うちみたいな部署や、滅多に人の来ない資料室とはわけが違う。それを、外回りをしない営業部長や営業事務が知らないはずがない」

密会、もしくは他者に見られては困るようなことをするのに、人が来るとわかっている時間帯は選ばない。わざわざオフィスを選ぶならば、その辺りは計算に入れるはずだと言いたいのだろう。

「大町がその現場を目撃したのは、深夜、もしくは早朝だと思うんだが」

あっさりと当ててきた稲葉に、志月は頷く。

「その通りです。俺がその現場を目撃したのは、深夜一時でした」

「それ、セキュリティの警報が鳴るだろ」

「もちろん、そうならないように解除してから入りますよ」

前日午後二十三時から翌日の午前六時までの間、警備システムの警備状態を解除せずに社屋に侵入するとたとえ社員証のＩＣカードを使って入館しても警報器が作動する。

だが、解除の操作をすれば警報を鳴らさずに足を踏み入れることが可能だ。

「残業の多い営業部員やシステム部の人間は、全員じゃありませんけど解除の操作を把握してますし」

「……ガバガバだな」

「警備システム周辺は防犯カメラに映ってますしね。悪用しないのが大前提ですよ勿論」

その日は、既にシステムの警備が解除されていた。どこかの部署で残業している社員がいるのかな、という程度で、不思議にも思わなかった。

「その先客が、営業部長と彼女だったというわけか」

「そういうことだったみたいです」

ふうん、と相槌を打ち、稲葉はジョッキをおろす。

「――だが、お前も何故そんな遅い時間に会社に戻った?」

問いに、志月は目を瞬いた。

「あの日は、急ぎの仕事があったわけでもなく、繁忙期でもなかった。……それに、繁忙期であっても、深夜零時を過ぎて会社に『戻る』ことは多くないはずだ」

営業部は毎日多忙を極めてはいるものの、深夜の残業となると未経験のものもいるほどだ。実際、残業が深夜を過ぎる部署は、システム部や繁忙期の経理部などが多い。

彼らも、残業で深夜まで居続けてしまっているだけで、基本的に出入りしているわけではなかった。

とはいえ終電もなくなるような時間に会社に戻るのは、可能性としてはゼロではない。たまたま、その日は深夜に戻らなければいけない用事があった。――と誤魔化すのは簡単だ。逡巡したが、稲葉が常務の友人だということ、なにより上司としての彼を信頼し始めていたので、志月は思い切って口を開いた。

「……調べたいことがあったんです」

「深夜に……つまり、わざわざ他人に知られないように?」

確認してきた稲葉に、志月は頷いた。

「実は、去年からずっと気になっていたことがあったんです。ただ、確信はなかった」

本当は、もっと以前から起こっていたかもしれないそのことに志月が気がついたのは、昨年の春頃だった。

「我が社の情報が、他社に流れているんだと、考えるようになりました」

競合他社に、先を取られることが多くなった。

志月個人の営業成績は昨年より伸びてはいたものの、営業部、そして会社としては伸び悩んでいたのだ。

その最たる理由は、新商品が他社とまるかぶりしていたことだ。価格に差は見られないが、ライバル社のほうがわずかにリリースが早い。

開発部や企画部の同期などに訊いてみたが、同業であれば、流行や最新技術などに見合った似通った製品ができてもおかしくはない、という見解だった。

しかし、製品の類似だけでなく、発売時期まで重なるだろうか。それに重なるといっても、相手方のほうが必ず先んじていた。一度や二度なら偶然で済むが、度重なれば不審感は増す。

「俺は、新製品の情報が外部へ流れているのではないかと睨み、独自で調査していました。あのセクハラ事件は、その矢先の出来事だったんです」

反論の機会もないまま横領の罪(つみ)を着せられ、島流しにされた。もっとも、島流しというのは誤解だったわけだが、営業部からの異動は志月の行動を制限するのには十分だ。

おまけに、それまでの行動や、わざわざ警備システムを切って幾度も侵入した記録などが不利に働いてしまった。

「……だから本当はセクハラのことというのは建前で、情報漏洩の件が露見するのを恐れて、横領の罪を着せられたのだと思うんです。結局、三つともすべて有耶無耶になってしまいましたし」

本当なら、すべてに立ち向かうべきだったのかもしれないが、まだ入社五年の若造が上長に対抗するのは難易度が高すぎた。相手がもっと大きい立場の人間だったら、きっと異動だけでは済まなくなる。

それなりにポジティブで切り替えの早い性格とはいえ、志月もそこまで強くない。

「……もしかしたら、彼女も営業部長と手を組んで大町を嵌めた、という可能性もあるからな」

確かにその可能性も考えなかったわけではない。こういうときは、なにに対しても疑心暗鬼になってしまうものだ。

「でもさっき、謝ってくれたので」

稲葉は呆れたような顔をして、志月の頭を小突いた。

「本当に……ちょっと人が好すぎるんじゃないのか」

「だから、そうでもないですよ。やっぱり色々疑ったり、荒んだりしましたもん。人並みに」

楽天家ではあるが、聖人君子というわけではない。

今、稲葉を前に口を噤み続けていた内容を吐露できたことで、解決には至らなくとも胸のつかえがほんの少し取れたような気がした。

一方で、抱いた疑問もある。対面でジョッキを空にした上司を、志月はじっと見据えた。

「……あまり、驚かないんですね？」

「ん？ ああ」

横領だけではないもうひとつの問題である情報漏洩——産業スパイの話を他者に明言するのは、これが初めてだ。

常務と知己であり、今は任用されているはずなのに、稲葉からはこの重大事にあまり動揺が見られない気がする。

「驚いたことは驚いたぞ。あまり顔に出るほうじゃないんでね」

そう言って、稲葉は無精髭の生えた顎を擦る。

だが考えてみれば、この話は稲葉から引き出されたような気もしてくる。

——……まさか、だよね？

どういう意図を持っての問いだったのか。

悪い考えが過りそうになりながらも、志月は稲葉の顔を注視する。いつも通りの、飄々とした様子の上司だ。

視線が交わり、眼鏡の向こうの瞳が細められる。たったいま、疑ったことを見透かされたような気がして、志月はこくりと喉を鳴らした。

「大町、余計なことはするなよ」

彼こそがスパイなのかと疑ったことを口にしたわけではないため、稲葉は問われてもいないことの肯定も否定もせず、ただそれだけを口にした。

「……余計なこと？」

ネガティブな言葉に、志月は眉根を寄せる。程なくして、稲葉がタッチパネルのメニューからオーダーしていたらしいビールが運ばれてきた。

稲葉はジョッキビールを半分ほど一気に飲み干す。

「大人しくしていろと言っている」

「でも、俺は」

「いいから。俺はお前のためを思って言ってるんだ」

そう言って、稲葉は再びジョッキに口をつけた。

――それは、気づいていてもこのまま黙っていろということ？

確かに、今は横領の罪を着せられてはいるが、刑事事件に発展したわけでもなく、新しい部署に異動して恙無くやってはいる。

もし、志月が横領の件について抗ったり、セクハラのことや製品の情報が他社に流れている可能性を探ったりしていたら、今までのように平穏無事に仕事を続けることはできないだろう。

――だから、俺一人黙っていれば、丸く収まるって……？

今より悪い事態を避けるために、不名誉な濡れ衣を着せられたまま、我慢していなければいけないというのだろうか。

わかってはいても、納得できるほど自分は大人ではない。

そして、そんな妥協案をよしとする稲葉に、志月は心底落胆してしまった。

——所詮、他人事か。

稲葉がたちどころに事を解決してくれると思っていたわけでもない。

ただとても、がっかりしてしまった。

少なくとも、志月の気持ちを汲んでくれるのではないかと、思っていた。

他人だから当然だと思う一方で、自分でも想像していたより、稲葉の応対にショックを受けている。心情を吐露したことによって、ほんの少し救われた気持ちになったからこそ、失望も大きい。

志月は箸を置き、席を立った。

「大町？」

「……俺、帰ります」

財布を取り出そうとしたら、稲葉に制止された。

「いい。ここは俺が払う」

「……ごちそうさまでした」

「ああ。気をつけて帰れよ」

返す言葉はあっさりしたもので、それ以上は引き止めない稲葉に会釈をし、志月は席を離れる。ほんの少しゆっくり歩いて駅まで向かったけれど、稲葉が追いかけてくることはなかった。先程まで浮上していた気分が、ゆるゆると降下していく。志月は唇を噛み、革靴のまま走り出した。


「あれ？　大町さん、お疲れ様です」

会社から数駅離れた場所にあるコーヒーショップで、今日取ってきたインタビューの文字起こしをしていたら、不意に背後から声をかけられた。

振り返ると、半袖シャツにネクタイを締めた加藤が立っている。彼も外出先からの帰りなのか、書類ケースを抱えていた。

「お疲れ様です。加藤さんも今帰りですか？」

「俺は社内報のインタビュー取りに、各所回ってきたんでその帰りです。この間、会社がテレビ局の取材を受けたんで、その裏話的な……」

「ああ、なるほど。俺は社史のほうの仕事で、工場に」

基本的に、インタビューの文字起こしなどは会社に限らず、外や自宅で行ってもいいことになっている。

以前は編纂室に戻ってから行っていたのだが、時間との兼ね合いもあり、今日もスケジュールボードに「直帰」と書き込んだ。明日の予定として「直行」の文字も加えた。このところ、「直行直帰」と書くことも多くなっている。

「大町さん、このあと戻りますか？」

「いえ、俺はここである程度纏めたら直帰します。この後、人に会う用事もあるので」

にっこり笑って返答した志月の顔を、加藤がじっと見つめる。眼鏡の奥の目をぱちりと瞬かせ、加藤が「ちょっと訊いてもいいですか？」と口にした。

「はい？」

「……補佐となんかありました？」

問いかけに、志月はぎょっと目を剝く。加藤は表情を変えもせず、「なんか二人共変ですよね」と付け足した。

「前も別にめちゃくちゃ仲いいって感じではなかったですけどね、補佐はあの調子なんで。ちょっと前は大町さんだけが変でしたけど、でもなんか、ここんとこ補佐がピリッとしてる感じっていうか」

「そんなことないですよ。俺は最近、直行とか直帰とかが多いだけで……」

言いながら、尻すぼみになっていく。

居酒屋で飲んでから一週間、あの別れ際の微妙な空気がまだ二人の間に流れている。

今日も、「直帰します」と報告した志月に室長がのんびりと「いってらっしゃーい」と手を振るのに会釈をしながら、志月は稲葉の反応を見ていた。稲葉はいつもどおり第二ボタンまで外したシャツに緩くネクタイを締めただらしのない恰好で、頬杖をついたままモニタを眺めていた。

特に反応を期待していたわけではないが、いちいち彼の反応を見てしまうのが嫌で、逃げるようにオフィスを出てきたのだ。

「普通に話してますし。記事の纏めの話とか、業務連絡したりとか」

仕事なので、お互いに職務は全うしている。

「そうですか？　……まあ別に、いいんですけど」

それは、二人の間がぎこちなくても別にいい、という意味か、志月が誤魔化すのは特段加藤と親しいわけではないから仕方ないのでこれ以上詮索はしない、という意味か。

どちらの意味だろう、と若干戸惑いつつ加藤を見るも、無表情なので読み取れない。

「あ、じゃあ俺、コーヒー買って会社に戻るんで」

「あ！」

思わず呼び止めてしまった志月に、加藤が目を丸くする。

少々悩みつつ、志月は「確かに、加藤さんの言う通りです」と肯定した。そんな志月を、加藤が意外そうな顔をして見る。

「なんかあったというか……。僕が一方的に腹を立てているんだと思います」

「腹を立ててる？」

「……っていうのともちょっと違うんですけど」

少々子供じみた表現をしてしまったが、きっとそういうことなのだろうと思う。

「『大人になれ』って言われて、納得できなくて、でも大人なら納得すべきなのかなとか考えることもあって」

「ああ、もしかしてうちの部署への『島流し』に関するあれこれですか」

察しのいい加藤の科白に、志月は苦笑する。

勿論それればかりではなく、ほんの少し恋愛事情がまじってしまっているのも要因のひとつだ。

「……すみません。あの、改善します。努力します」

申し訳ない気持ちで謝罪(しゃざい)すると、何故か加藤も「こちらこそすみません」と頭を下げた。

「突っ込んで訊いちゃったけど、ただ疑問だっただけで、責めようとか文句言おうとかじゃなかったんです。うちは元々メンバーの外出が多いですし、あんまり気にしなくてもいいと思います」

実際、飯窪(いいくぼ)と岡本(おかもと)、最近の志月は外で記事を書いてしまうことも多いためほぼ出ずっぱりで、加藤と稲葉も志月たちほどではないがよく席を外す。常駐(じょうちゅう)している室長も、定時には帰ってしまうので、社史編纂室は無人になることもままあった。

「業務が滞(とどこお)っているわけでもないですし、別にいいんじゃないですか」

一緒の空間にいて気まずくなるくらいなら、ほとぼりが冷めるまで距離を置くのも一つの手だ、と加藤が言う。

「でも、加藤さんが気になる程度には変なんですよね」

「自分の場合は、割とそういうとこ見てるんで」

自分で言うのもなんですけど、と無表情で言うもので、なんだかおかしくなってしまった。

「どっちかっていうと、大町さんより補佐ですよ。まあ相変わらず仕事はがつがつこなしてるみたいですけど、一日に一回は『大町は？』とか言ってんですよ」

「え？」

意外な科白に、志月は目を瞬く。

「それでそのとき飯窪さんが編纂室にたまたまいて、『避けられてるんですか、補佐なんかしたんですかー？』って揶揄ったら、飯窪さんにめっちゃ仕事与えてました。おとなげない」

こっちとしては仕事がはかどりますけど、と加藤が首を竦める。

志月の前では、いつもと変わらないどころか、いてもいなくても同じだと言わんばかりの態度のくせに、なにをしているのかあの男は。

思わず笑ってしまうと、珍しく加藤も笑った。

「じゃ、手を止めさせてすみません。また、会社で」

「はい。お疲れ様でした」

「時間ができたら、編纂室に長居してくださいね」

「はい。いずれ戻ります」

互いに軽く頭を下げて、背中を向け合う。意外と、見ていないようで見ている人はいるようだ。フォローしてくれる人がいることが、とてもありがたい。

色々と気をつけなければと自戒しつつありがたさを噛み締め、テキストエディタにインタビューの内容を打ち込んでいく。

それから間もなく、モニタの隅にメールの着信を知らせるポップアップが上がった。メールを開いて、志月は店内を確認する。

入り口のドア付近に青田の姿があった。


「……申し訳ありません、お呼び立てして」

「いえ、それより、大丈夫なんですか？」

コーヒーショップから、半個室になっている居酒屋チェーンに移動して、乾杯もそこそこに青田は謝罪を口にした。

連絡を取ってきたのは、彼女のほうからだった。

数日前、相談がしたいので時間を作って欲しいと、社内用のメールアドレスのほうに、フリーのアドレスからコンタクトがあったのだ。

営業部にいた頃は、髪をひとつに結び化粧っ気のない彼女しか見たことがなかったが、退勤後のせいか制服を脱いで化粧を施し、髪を下ろした青田の姿は別人のように見えた。こうしてみると、わかりやすく美人である。

——俺がゲイじゃなかったら、ときめくんだろうなぁ。

もとより、地味な姿でいても彼女は営業部の若手社員に人気があった。だからこそ、営業部長にも目を付けられていたのだろうが。

彼女は長い黒髪を耳にかけながら、再度頭を下げる。

「お礼が遅くなってしまって、すみませんでした。その節はありがとうございました」

「いえ。それで、相談というのは?」

志月の問いに、青田は目を潤ませた。

半ば予想通りではあったものの、どうやらセクハラ被害は続いているらしい。

一度、志月に見つかったこともあってか、その後の騒ぎで有耶無耶になったとはいえしばらくは大人しくしていた営業部長だったが、ほとぼりも冷めたと判断してまたセクハラをし始めたのだそうだ。

「誰か、事情を話せる仲のいい女性社員はいませんか？」

「同じ営業部の子に、話してみました。残業のときも含めて、なるべく一緒に行動してくれてます」

取り敢えず味方が一人もいないわけではないのだと知って、志月もほっとする。

「……あれから、コンプライアンスの部署には相談しましたか？」

青田は、こくりと頷く。

「相談は、しました。けれど、役職を鑑みると不用意には動けないと言われました。様子を見ると言ったきり、動きはありません」

「……なんですか、それ」

志月が目撃したのは五月の頭、いまはもう八月だ。

裏を取らなければ動けないというのはわかる。だが、被害を訴えている女性がいるのに、「様子を見る」と言いながらなにもしていないというのか。

「僕が証言しましょうか」

「いえ、それは……また、大町さんにもご迷惑がかかってしまいますから」

その言葉に、志月は唇を噛む。

志月の目撃証言など、なんの効力も持たない。下手をうてば、解決しない上に今度こそ馘首になるかもしれなかった。――それで二の足を踏んでいる自分が情けない。

「それで、大変図々しいお願いなんですが……しばらく私と一緒に行動してもらうわけにはいきませんか？」

「え？」

「あの、勿論仕事中も一緒にというわけではなくて……帰り道だけでもいいんです。……私、怖くて」

震える声で告げて、青田は涙を一粒零した。儚い風情の彼女に、異性愛者ではない志月はときめきこそしなかったものの、放っておくわけにはいかないと思う。

「……不躾なお願いだとは、わかっているんです。でも、女性の同僚にお願いするわけにもいきませんし、かといって、あまり男性のほうに事情を知られたくもなくて……」

「青田さん……」

ここで断るなんて、どんな鬼だと志月は眉根を寄せる。

自分だって他人を庇えるような立場ではない。だが、身の危険を感じている女性を放っておくこともできないし、面と向かって頭を下げられて断ることもできなかった。

「……わかりました」

ぎこちなく頷けば、青田は顔を上げて安堵した様子で笑みを浮かべた。

「僕ではちょっと頼りないかもしれませんが」

「そんなことありません！　本当にありがとうございます。……あの、もしお付き合いされている方がいらしたら、誤解されないように私のほうから説明させてください」

その科白に、真っ先に稲葉の顔が浮かぶ。

——なんで、補佐の顔が。

別に付き合っているわけではないし、誤解されて困るような間柄でもない。思い返してみれば、青田を最初に見た際に「彼女？」だなんて軽口を叩いていたほどだ。

「——いえ、残念ながら、恋人はおりませんので」

「そうですか、よかった」

ほっと息を吐いた青田に、志月は営業スマイルを浮かべて誤魔化す。

取り敢えず、女性の自宅にまでついていくわけにはいかないので、会社から最寄り駅までの道を送ることになった。

なるべく一人にならないよう、残業はできるだけしないように、そしてもし残業になる場合は、必ず他の女性社員と一緒にいるようにと進言する。

「——本当に、ご迷惑をおかけしてすみません。ありがとうございます。感謝してもしきれません」

「いえいえ。お気をつけて」

居酒屋の前に呼んだタクシーに乗り込む青田を見送り、息を吐く。

――……なんでこんなことになったんだっけ……？

話の流れで放っておくわけにはいかないと引き受けてしまったが、本当に一体なにをやっているのか。人を助けているほどの余裕が志月にあるわけでもないというのに。

取り敢えず自分も家へ帰ろうかと踵を返したら、居酒屋の出入り口横に設置された灰皿の前に、見慣れた人物がいて足を止めた。

「……ほ、補佐？」

咄嗟に呼んでしまった志月に、稲葉も気が付く。稲葉は目を瞠り、短くなった煙草を深く吸い込むと、夜空に紫煙を吐き出した。

「大町……お前、なにしてんだこんなところで」

「なにって……補佐こそ」

まさか、後を追ってきたということだろうかと、困惑する。今日青田と会うことは誰にも言っていないし、そのために秘密裏にやりとりをしていたのだ。一体いつどこで知ったのだろう。

そんな思考を察してか、稲葉は眉根を寄せて、背後を親指で示した。

「人をストーカー扱いするんじゃねえよ。俺は、あいつと飲みに来たんだよ」

「あいつ……？」

稲葉の後方、店の中を覗くと、テーブル席に塚森が座っているのが見えた。憧れの塚森常務が、と胸が高鳴る一方で、よりによってこのタイミングで何故、と愕然とする。

「工場の視察だったんだよ、塚森が。それで、俺が随行して取材をしたってわけだ。今は、その帰り」

「あ……なるほど」

志月も、工場にインタビューをした帰りに、青田と落ち合ったのだ。ならば、直帰で行く店が偶然かぶる可能性もなくはない。

「で、俺は仕事の帰りだけどお前は？　さっき見送ってたの女だろ？　なんだよ、宗旨変えしてデートか？」

どうしてこの男は、肌を合わせ、数度キスまでした相手にそういう言い方をするのか。

苛立ちを抑えきれぬ声で、志月は「違います」と言い返す。

「補佐こそ、常務とデートなんじゃないですか」

思った以上に、険のある声が出てしまった。女性と食事をした自分より、同性といる稲葉のほうがよっぽどその可能性があるというものだ。

おまけに、相手はあの塚森常務で、きっと悪い気はしないだろうし、もしかしたらでれでれと酒を酌み交わしていたんじゃないのかと詮のない想像をして苛立ってくる。

「は？　俺があいつとデートなんてするわけないだろ」

「じゃあ俺だって違いますよ。ていうか俺のほうが違いますから！」

ああ、と稲葉は頷いて、灰皿に灰を落とした。

「さっきの、セクハラの件の青田ってのだもんな」

やっぱり見られていた、と志月は内心舌打ちをする。

「なんで今更？」

「それは……」

一瞬、言おうかどうしようか逡巡する。稲葉はセクハラの件について事情を知っており、権力者である塚森がすぐ近くにいることも計算に入れて、打算的ではあったが、志月は先程青田の相談に乗ったことを話した。

しばし黙って聞いていた稲葉は、明日から彼女の自宅最寄り駅まで送る、という話になった途端に眉を顰めた。

彼は吸い終わった煙草を灰皿に押し付け、新しい煙草に火をつける。ぷか、と煙を吐き出して、「やめておけ」と口にした。

「……え？」

「お前、あんまり面倒事に関わるなよ」

「え――」

冷淡な科白に、思考がしばし停止する。まさか、稲葉にそれを言われるとは思いもよらなかった。

「関わるなって……放っておけって言うんですか？」

「そうだ」

はっきりと肯定されて、呆気に取られる。稲葉は大きく煙を吸い込み、溜息と一緒に紫煙を吐き出した。

「お前、他人のことに構っている場合か？　しかも、自分が陥れられたきっかけでもあるんだろうが」

「そうですけど、それとこれとは……！」

「この上、お前とあの青田っていうのが付き合っていると誤解されたらどうする？　お前の身が安全だって保証はあるのか」

「それは」

「大体にして、なんで他部署のお前に頼る。セクハラを受けていることには同情するが、まったくの第三者に負担を強いるのは違うだろう」

稲葉の言うことも尤もだと思う一方で、あまりに冷たい言い草に、なんだか裏切られたような気分になってしまう。

初めて会ったときは、あんなに志月に対して親身になってくれたのに。あれはあくまで他人事だったから、優しい言葉をかけてくれたということなのだろうか。

「相談する場所は会社にあるんだ。お前が引き受ける必要がどこにある」

「俺がいいって言ってるんだからいいでしょう⁉　それに、会社が頼りにならないから、俺なんかに相談する羽目になったんじゃないですか！」

志月の言に、稲葉は鼻の頭に皺を寄せた。

「そういうのは頼ってから言え」

「頼っても駄目だったから言ってるんです！　補佐には関係ないでしょう！　ほっといてください！」

言い返し続ける志月に、稲葉は前髪を掻き上げ、舌打ちをする。

「お前が骨を折ったところで、役に立つわけじゃないんだからやめておけ！」

「──っ」

苛立ったようにぶつけられた言葉に、志月はぎくりと固まった。そんな志月を見て、稲葉も失言に気付き表情を強張(こわば)らせる。

「大町、──」

「……そうですね。どうせ、俺は役立たずで島流しにされたわけですから」

流刑地と呼ばれる社史編纂室は、評判とは違い、暇な部署というわけではない。忙しいくらいだ。

だが、役立たず、と言われることは、たとえ仕事とは関係がなく、稲葉が志月の能力を貶めたわけではないと頭ではわかっていても、傷ついていた心を抉った。見ないように、目を背けていた傷口から、血が吹き出すような感覚に襲われて、唇を噛む。

「大町、そうは言ってない。悪かった、今のは俺の失言だ」

「いえ。本当のことですから」

嫌味だとは思いながらも、堪らずに口に出してしまう。口論などのとき、人間というのはつい本音を出してしまうものだ。だから、稲葉に部下として役に立たないと思われているのは、本当なのだろう。

そんな拗ねた思考になる自分に嫌気が差し、志月は振り切るようにぺこりと頭を下げる。

「ご心配頂いて、ありがとうございます。でも自分で責任を取れる範囲で、職務外にすることなので、お気遣い頂かなくて大丈夫です」

言外に「あなたには関係ない」と告げて、営業で培った笑顔で乱れていた感情を抑えつける。

稲葉は志月を見下ろしながら、片手で口元を覆って息を吐いた。

「……大町」

「じゃあ、今日はこちらで失礼します。お疲れ様でした」

再度頭を下げて、志月はくるりと踵を返す。背後から「……くそっ」という小さな悪態が聞こえたような気がしたが、振り返らなかった。

帰宅時に青田を彼女の家の最寄り駅まで送るようになってから、志月は営業部長に呼び出されることが増えた。

用事自体は些末なものばかりで、引き継ぎに関することが多い。数ヵ月も経って今更、とも思うが、上長に呼び出されたら無視はしにくい。外出中に何度も連絡が入り、営業部へと呼び出される。営業部員が見ている前でとりとめなく嫌味を言われたり、叱責というほどではないが「君の軽率な行動で営業部の評判は下落し皆の士気も営業成績も下降の一途を辿っている」という話をされたりすることもあった。

青田のことは約束通り帰り道に駅まで送っているが、営業部長は日中も彼女と接触する機会自体が減っているようだ。事情を知る女性の同僚が、勤務時間中は常に一緒にいてくれるらしい。

それらの苛立ちもすべて、志月に向けられているのは明白だ。

拘束時間はそれほど長くはないのだが、元同僚たちの軽蔑の目に晒されるのは、短時間とはいえ針の筵だった。

夏が終わり、季節が秋に変わっても続いている営業部長の嫌がらせは、予想以上にしつこく幼稚だ。くだらないと思いながらも、精神的なダメージは大きい。そしてその間は仕事の手が止まるのもストレスだった。

営業部長に捕まり、十数分だが定時を越えて社史編纂室に戻ってきた志月を見て声高にキレたのは、加藤だった。

「またですか⁉」

彼は、志月が目を通す必要のある原稿を抱えていて、その間自分の仕事が進まなかったのだ。

「すみません、すぐやります」

「すみませんお願いします！　でも大町さんは悪くないですからね！　他部署とはいえ部長の命令を無視なんてできないし！　ていうか、なんなんすか営業部長。暇なんですか」

実際、肩書きは立派なものがついているが、特にやることもないのは確かだろう。

「暇だったら仕事しろってんですよ！　仕事しないならせめておとなしくしてろっての。こっちの邪魔すんじゃないですよ！」

ぷんぷんと怒りながら、加藤は「これあげます！」と志月のデスクに個包装の飴と試供品と書かれた疲労回復の栄養ドリンクを置いてくれた。

普段はあまり表情を変えないおとなしいタイプの彼が志月の代わりに怒ってくれて、少々申し訳ないが、嬉しくもある。古巣の同僚たちは、そういう反応ではなかったからだ。

誰かがターゲットになって嫌な空気が流れたり作業が滞ったりすると、ターゲットに対して苛立ちを覚える人たちもいる。

横領を疑われている志月は、営業部からすれば営業部長の嫌な声を毎日聞かせられる原因となっているわけで、色々な意味で迷惑な存在でしかない。

「……いい加減、行かなくてもいいんだよ。大町くん。僕のほうから伝えるから」

そう言ったのは、渋面(じゅうめん)を作る室長だ。

室長は、これまでも幾度(いくど)か「うちの部下を無闇に引っ張り出さないでくれ」と抗議をしてくれている。それで一旦は止(や)むのだが、数日経てばまた繰り返される。室長も諦めずに「うちの部下なので」と制止してくれるが、まるでいたちごっこだ。

行くことはない、と室長から言われて呼び出しに応じなかったりすると、取材などで社外へ出るタイミングを見計らって声をかけてきたりすることもある。出掛けの足止めはほんの数分のロスでも焦りが出るし、精神的負荷がかかるものだ。

「今日も行くことなんてなかったのに」

「ありがとうございます。……でも、何回かに一回は、本当に僕が必要な場合もあって」

実際、今日は本当に志月が必要だった案件で、客対応も含めてのことで少し帰りが遅くなってしまった。

「そうかぁ、厄介だねえ……、だけど、そうでないなら早く切り上げて戻っておいで。あっちがその気ならこっちだってしつこくクレーム出すよ」

「ありがとうございます」

優しい言葉をかけてもらえて、有り難いやら申し訳ないやらで、情けなくなる。

稲葉は、そんな会話が交わされている間、ずっとパソコンと向き合っていた。一瞬目があうも、なにも言わずに逸らされた。

——……呆れてるよな、補佐。

啖呵を切っておいて、結局は自分だけの問題で済まなくなってしまった。

今日も含めて、営業部長関連で社史編纂室の手が止まることは数度あった。

「加藤さんもすみません。急いでやりますから」

「あ、ゆっくりでいいですよ」

席に着き、待たせてしまっていた原稿に目を通す。

急いでとは言ったものの、連日のストレスと疲労からか集中できず、思ったよりも時間がかかってしまった。

やっとのことで確認作業を終えて加藤に原稿を戻すと、彼は物凄い勢いで手を動かす。

「——よし、終わった！　お疲れ様でした！」

加藤はパソコンの電源を落として、鞄を手に取る。そして、すぐさまタイムカードを切った。

その急いだ様子にまた申し訳なくなった。

　彼はドアを開けて振り向きざまに室長を呼んだ。

「室長。いっそ大町さんはいないことにしましょう」

「もう明日からはそれで行こう。知らぬ存ぜぬで、大町くんには資料室あたりにこもってもらって、外出は裏口から行ってもらおう、そうしよう」

「大体にして、もう異動したんだから頼るなって話ですよ！　顧客のことを出されたら人情でなんとかしてあげたくなりますよ。そんなところにつけこむなんて最低です」

　そうしようそれがいい、と言い合う二人に、志月は「あの」と声をかける。

「二人とも、ありがとうございます。……ご迷惑をおかけしてます」

　頭を下げた志月に、室長と加藤は顔を見合わせた。

「迷惑かけてんのは、営業部長のほうですよ！」

「そうそう、迷惑かけられてる側が謝っちゃいけない」

　二人に優しい言葉をかけてもらい、うっかり泣きそうになってしまう。もう一度ありがとうございますと頭を下げて、志月は加藤が退室するのを見送ってから資料室へ移動した。

　微かに滲んだ涙を払い、息を吐く。

　くだらない嫌がらせとはいえ、連日ともなれば思った以上に精神的にダメージを受けているようだ。

「――なに一人でベソかいてんだ」

「っ……!?」

気配もなく背後から声をかけられて、志月はびくりと体を強張らせる。振り返ると、いつの間にいたのか、稲葉がファイルを片手に立っていた。

「補佐」

稲葉はなにも言わず、ファイルを棚にしまう。それから、別のファイルを取り出しながら、志月を見やった。

志月は逃げ出したい気持ちにかられながら、稲葉と対峙する。

「……呆れてるでしょう」

志月の言葉に、稲葉は微かに目を瞠った。

「呆れてるって、なにが」

志月は再び稲葉に背を向け、必要もないのに資料を選ぶふりをする。

「あれだけ、あなたに対して『自分で責任を取れる範囲で』とか言ったのに……結局みんなに迷惑をかけてる、から」

呆れて、ますます失望させたに違いない。

背後で、稲葉が溜息を吐く気配がする。

「迷惑をかけているのは、お前じゃないだろ。室長や加藤もそう言っている。この場にはいないが、飯窪と岡本だって同じように思っているだろうよ。断るべきときはちゃんと断ってるんだから気に病みすぎるな」

「でも……――いってぇ！」

後頭部に走った衝撃に、反射的に声を上げてしまう。頭を押さえて振り返ると、稲葉がファイルを持って顔を顰めていた。

どうやら、そのファイルで頭を叩かれたらしいことに気付き、目を瞬く。

「いつまでもいじけてんじゃねぇよ」

「い、いじけてなんて……」

否定しようとしたが、反論はどんどん尻すぼみになる。稲葉はもう一度、今度は優しく志月の頭を叩き、ファイルを棚に戻した。

「お前は、元気が取り柄の脳筋だろ」

「脳筋って……そうですけど」

認めた志月に、稲葉が否定しないのかよと笑う。

「職務そっちのけで色ボケしてるやつに嫌がらせされて、お前がいちいち傷つく必要はない」

色ボケ、という言い草がおかしくて、志月はつい吹き出してしまう。やっと表情を緩めた志月に、稲葉も目を細めた。

「もう少しだけ、辛抱しろ」

「……はい」

もう少しっていつまでだろう、と思いながらも、稲葉が慰めてくれているのはわかるので、志月は笑顔を作った。稲葉の言うとおり、そのうち飽きてくれるだろう。

「ちょっと、煮詰まってたかもしれないです。……そういや、俺って脳筋だったなって、思い出しました」

「……悪口のつもりじゃねえぞ」

「わかってますって」

言いながら志月が袖をまくると、稲葉が目を丸くする。普段着衣を乱さない志月の挙動を、意外に思ったのかもしれない。

「俺、今日は久々に走って帰ろうかと思って」

今日は志月が営業部長に捕まっている間に定時を迎えたため、青田はその隙をぬって帰宅している。

「走ってって……会社から家までか？」

「はい。なんか最近異様にストレス溜まったり落ち込んだりしてたのって、走ってなかったこともあるのかなと思って！」

自分らしく、体を動かすのが一番のストレス発散になる。そのことを思い出しただけで、ほんの少しだけ気分が上がった。

ロッカーの中には、通勤ランに必要な一式をしまっている。そんな話をしたら、稲葉が少々呆れ気味に「まあ、お前らしいな」と言った。

「じゃあ、そういうことで俺、今日はもう失礼しま……――」

横をすり抜けようとしたら、腕を摑んで止められた。

何事かと顔を見ると、稲葉は何故か戸惑ったような顔をしていた。

「なんですか?」

「真っ直ぐ帰るんだよな、今日は?」

「ええ。そうですけど……」

青田は既に帰宅しているはずなので、今日は特に寄り道はしない。けれど何故そんなことを改まって訊ねるのだろうか。

不思議に思う志月の腕を、稲葉はゆっくりと離した。

「ならいいんだ。……走るのはいいけど、他の男に頼るなよ」

「は……?」

一瞬言われている意味がわからずに首を傾げる。稲葉がボタンをひとつ外す仕草を見て、科白の意図を察した。

「っ……、だからあのときはイレギュラーだって言ったじゃないですか!」

眦(まなじり)を吊り上げた志月に、稲葉は失敗したという顔をする。

初対面の夜も、志月は溜まった鬱屈とストレスを抱えていた。普段は走って発散していると
ころを、稲葉を誘って別の手段を取ったのである。

「オフィスでそんな話蒸し返すなんて、最低です！　馬鹿！」

「馬鹿ってお前、上司に向かって」

「職務そっちのけで色ボケしてる人には馬鹿で十分です！」

先程の営業部長評を引き合いに出して言い返すと、稲葉が言葉に詰まる。どいてください、
と志月は稲葉を押しのけて社史編纂室へ戻った。

ロッカーを乱暴に開け、しまっていたランニングシューズに履き替える。鞄ごとバックパッ
クに詰め込み、志月はタイムカードを切った。

「室長、お先に失礼します」

「お？　おお、気をつけてな」

ぺこりと頭を下げたのと同時に、稲葉が資料室から顔を出す。

「おい、寄り道すんなよ」

「しません！　お疲れ様でした！」

しつこく念を押してくる稲葉に言い返し、志月は早足でエレベーターホールへ向かった。一
階にあるトイレでランニング用の恰好に着替えて会社を出ると、志月はすぐに走り出す。

自宅まで無心で走り続け、シャワーを浴び終える頃には頭も体も一旦リセットされたように

すっきりしていた。

久し振りに長距離を走り頭の中が一度空っぽになったことで、抱えていた苛立ちやストレスはうまい具合に緩和(かんわ)してくれたようだ。そのことにほっとして、同時にまたむかっ腹が立ってくる。

——だから俺は、別に抱かれなくたってストレスくらい逃がせるんです。

心の中で、再度稲葉に言い返す。脳裏に浮かんだ稲葉が「へえ、そう?」とにやにやしているので、志月は顔を顰めてベッドの上でごろごろと転がった。

——帰宅してまで、なんで補佐のことなんて考えてないといけないんだ……。

己の想像に腹を立てて、馬鹿馬鹿しい。

頭ではそう思うのに、いらいらしながらベッドの上で寝返りをうっていたら、携帯電話が鳴った。

手に取って画面を確認すると、「稲葉補佐」という文字が表示されていて、ぎくりとする。

一体自分に、なんの用があるのか。気付かないふりをしてしまおうかどうしようか悩みながら、志月は電話を取った。

「……はい」

『お疲れ。ちゃんと家に戻ったか?』

まだそんなことを言うのかと頭に血が上りかけたが、すぐに継がれた「すまん」の一言に少々怒りが萎む。

「『すまん』って、なにがですか」

突っ込んで訊くと、あー、とか、うー、とか唸る声がする。

『……心配だったんだ。……それと、ちょっと、余計なことを言った。悪い』

存外素直に謝られたことが意外で、志月は思わず身を起こした。ベッドの上に正座する。

『……実際んとこ、帰り道になにがあるかわからないだろ。それと、ちょっと個人的な感情で、いらんこと言ったと思って』

「個人的な感情とは？」

志月の指摘に、稲葉が携帯電話の向こうで言葉に詰まる気配がする。

『お前、そういうこと突っ込むなよ。……だから、その、あれだ』

今までになく歯切れの悪い稲葉が言いたいことは、なんとなくだが察せられる。けれどはっきりと言葉で言ってほしくて志月は返答を待った。

『……まあ、無事ならいい。明日も元気に出社しろよ』

「え、待ってくださいよ補佐！」

『じゃあな、おつかれ！』

稲葉は数秒迷った挙げ句に誤魔化して、逃げるように電話を切った。

——ちょっと、ずるくないか？

志月へは、意地悪く追及するくせに、稲葉自身は電話だからといってあっさり逃げるなんて。

そう思いながらも、志月は自分の頬が緩むのを止められなかった。


微妙な内容の電話ではあったものの、そこでのやりとりのおかげか、一晩明けた翌日の志月（しづき）の機嫌はすっかり良くなっていた。

朝、稲葉（いなば）におはようございますと挨拶をしたら、いつもよりも素っ気なく返答があったので、やはり昨晩の電話は志月を揶揄うためにかけてきたわけではない、ということも確信する。

我ながら調子がいいな、と思いながら日々の業務をこなしていた志月だったが、定時過ぎに社史編纂室に戻ったタイミングで営業部長からの呼び出しがあった。

金曜日だというのに、すぐに帰してくれる気はないらしい。

内線の電話を取ったのは社史編纂室に一人残っていた加藤（かとう）だ。一度は外出中だと断ってくれたらしいのだが、「今帰社した姿を見たからすぐに寄越せ」と一方的に切られてしまったらしい。外出先から戻ってきた志月に、顔を顰めながら伝言してくれた。

「……行くことないですよ、大町（おおまち）さん」

「そうですよねー……」

営業部長が会社とどれほど強固な繋がりがあるのか知らないが、いくらなんでも傍若無人すぎる。

青田を送ることで志月自身の時間が奪われることや、道中気を張っていることへの精神的負担、連日の叱責に萎縮して少々参ってしまっていたが、昨日の稲葉とのやりとりで気持ちは上向いている。

「また室長に間に入ってもらいましょう。いい加減、異常ですよ」

「そう、ですね」

とはいえ、その室長は上長に呼び出されていて席を外している。そして、稲葉も今日は午後から外出していた。

「取り敢えず、今日は行ってみることにします」

志月の返事に、加藤は眉を顰めた。心配して、自分のことのように怒ってくれているのがわかって、そんな場合でもないのに心が和んでしまう。

つい笑ってしまったらしく、加藤が怪訝そうな顔をした。咳払いをして、志月は加藤に大丈夫ですよと告げて、営業部へと向かう。

階の違う古巣の営業部のドアを開くと、報告書を纏めている営業部員が二人残っていただけだった。青田を含め、営業事務の姿はない。

営業部の奥にいつも座っている営業部長の姿も見当たらなかった。呼び出されたのにどういうことかとフロアを見渡していたら、営業部員の一人が「営業部長が、小会議室のBに来いってさ」と教えてくれた。

礼を言って、小会議室へと移動する。定時を過ぎれば既に退勤している社員も多く、静かだ。この時間に小会議室に呼び出されるのは初めてではなかったが、以前はもっと沈鬱な気持ちで向かっていた。

「――失礼します」

声をかけてドアを開くと、営業部長が不機嫌そうに立っていた。

「お疲れ様。座りたまえ」

「いえ。結構です」

突っぱねた志月に、営業部長は苛立ちの表情を浮かべる。

「……まあいい。ところで、君の引き継ぎ書類にまた不備があった」

営業部長のいちゃもんは、大概パターンが決まっている。その中で多いのが、この「引き継ぎ」の件だ。

引き継ぎなどなく、志月は出社を禁じられてそのまま社史編纂室に異動させられたのだから、書類の不備もくそもない。当然だが実際小さなトラブルもいくつか発生したと、内外からしばしば聞こえていた。

とはいえ、営業職とはそういった引き継ぎもないまま担当先を継ぐことはままある事態で、慣れてはいるはずなのだ。

「君は無責任にもほどが――」

「――営業部長」

遮った志月に、営業部長は戸惑ったように顔を強張らせた。今まで防戦一方だった志月が口を開くとは思わなかったらしい。

「今日までお付き合いしてきましたが、もういい加減にしませんか」

「なんだと？」

「横領については、僕はその反証材料を持ちえないので、もういいです。本当はよくはないですけど、僕には会社と戦う力もないですし、無実と認めてもらうことは諦めます。でも、こうして無闇に呼び出されるのは迷惑なので、もうやめてください」

はっきりと告げると、営業部長は眉を顰めた。

「なにを言ってる。俺は引き継ぎの話で――」

「口実でしょう、それは。青田さんへのセクハラ行為も、もうやめましょう。……横領があったように捏造して、僕を退社させて有耶無耶にするつもりだったんでしょうけど」

残念ながら、退社勧告はされず、異動となった。思えば、志月の存在は営業部長にとっては不安の種でもあったのかもしれない。

営業部長は舌打ちをし、立ち上がる。

「セクハラじゃない。あれは合意だ」

「……は？」

「それなのに、お前が邪魔をしているだけだ。お前こそ、百合に対してセクハラしていると自覚しろ」

百合というのは、青田の下の名前だ。

誤魔化しているのかと営業部長の表情を注意深く見てみるが、彼は本気で言っているらしい。

「セクハラじゃないって、本気で言っているんですか？」

「当たり前だ！　貴様、なにを言っているんだ」

セクハラを邪魔されて怒っていたのではなく、本人としては志月は「恋人にちょっかいを出す邪魔な男」という認識のようで、呆気にとられた。

「本当に嫌なら、もっと抵抗する。それに、セクハラを受けているとしたら、会社をやめるはずだろう。だが百合は毎日出社して、抵抗しない。――つまり、そういうことだ」

にやにやと下卑た笑いを浮かべる男に、志月は開いた口が塞がらない。

方便というわけでもなく、「嫌よ嫌よも好きのうち」だと本気で思っているようだ。こんなに悪いほうに作用するポジティブがあっていいのだろうか。

――前に、テレビに出てた痴漢がこんな理論だったな……。

一人の女性をターゲットに痴漢行為を続けていた男が逮捕され、その言い訳が「痴漢されているのに、毎日同じ時間の同じ車両に乗るから、喜んでいるのだと思った」というのだ。

「……つまり、お付き合いしている青田さんとの逢瀬を邪魔した挙げ句、異動してなお僕が青田さんに付きまとっているから、嫌がらせをしているということですか?」

「嫌がらせじゃない。制裁だ」

——頭が痛い。

嫌だったら必死に逃げるはず、抵抗できない——しない女性は触られて喜んでいる、だなんて、なんておめでたい思考なのだろう。

「……じゃあ、異動ではなく退社するように促せばよかったのでは?」

それくらいできるだろうと思って言うと、営業部長は苦々しげに意外な言葉を口にした。

「できなかったんだよ」

「……できなかった?」

「最初はそのつもりだったんだ。横領の証拠になるものをお前の名に書き換えて、会社都合の退職処分になるはずだった。だから、あのとき他部署の面子も揃っていただろう」

そう言われてみて、確かに身に覚えのない横領の罪を突きつけられた際、人事部をはじめ、他部署の上長たちが揃っていたことを思い出した。

——もしかしたら、この人……だけじゃないのか。他にも協力者がいるのかもしれない。

「それなのに、どうしてか『異動処分』という決定になったんだ。……お前こそ、どういう手段を取ったんだ」

「俺は別になにも……それよりも、『証拠の書き換え』ってどういうことですか？　横領自体は捏造ではなかったんですか」

実際の被害がないからこそ、自分は異動止まりなのだと思っていた。被害の弁済も、請求されていない。

だが志月の言葉に、営業部長はただ笑っただけだ。

なんて男だと志月は営業部長を睨めつける。若い頃はそれなりに女性に好まれる容姿であっただろう彼は、志月に歩み寄ってきた。

「計画は少々狂ったが、まあ概ね予定通りだ。お前がさっさと退職すれば安心なんだがな」

「――意地でも辞めませんよ、俺は」

志月の科白に、営業部長は片眉を上げた。

「それより、横領が事実なら、その金はどうしたんですか」

「……どうせ、本当の証拠なんて出ない。お前も見ただろう？　全部、お前が犯人なんだ。書き換えて、消して、元のデータはなにも残ってない」

煽るような表情を浮かべて、営業部長が喉を鳴らして笑う。苛立ちと気色悪さに、志月は数歩後ろに下がった。

「……産業スパイの件も、そうやって全部情報データを消したんですか」

情報は金になる。横領の件も含め、彼には手にしたその金を使う宛てがあるのだろう。

だが、志月の予想と裏腹に、営業部長は怪訝な表情を浮かべていた。

「……産業スパイ?」

「しらばっくれないでください。あなたが営業部に来てから、突然営業成績が落ちましたよね? いきなりあんなふうに全員が不調になるはずがないんです」

ずっと抱いていた疑問を、ぶつける。こちらも証拠を見つけられないままだったが、特定のライバル社に出し抜かれるようになったのは、タイミングを見ると営業部長がやってきたのとほぼ同時期だった。

この期に及んで誤魔化すつもりかと営業部長を睨む。けれど、営業部長は本当に心当たりがないのか顔に疑問符を浮かべていた。

「……部長じゃ、ないんですか?」

改めて問うと、営業部長は顔を顰める。

「だからなんのことだ。俺は知らん。売上が伸び悩んでいるのは、お前らが新しい上司が来て気を抜いただけだろうが。お前らにはな、ハングリー精神ってものが足らないんだ。俺たちが若い頃はな——」

得意げに何十年も前の話を始める営業部長に、志月は呆然とした。

自分たちの能力不足を産業スパイのせいにするなんてフィクションの見すぎだと、営業部長は笑っている。

——営業部長でないのなら、誰なんだ……？

営業部長の言う通り、志月の勘違いという可能性もなくはない。だが、勘違いや偶然で終わらせるには、あまりに物事が重なりすぎているのだ。

「——」

そのとき、不意に小会議室のドアがノックされた。

志月と営業部長は同時にドアのほうを見やる。返事も待たずに、ドアが開いた。そこに立っていた人物に、志月は目を剝く。

「なんだ、お前は」

訝（いぶか）った営業部長の尖った声に、稲葉はにっこりと笑った。

その姿は、いつものだらしない姿ではない。初めて会った夜と同様に、彼の体のサイズにきちんと合ったスーツを身にまとっている。

今日はボタンもすべて留められ、ネクタイもきっちりと結ばれている。いつもボサボサの髪も整髪料で整えられており、まるで別人のようだ。

「話はすべて聞かせてもらいました……と言いたいところですが、まあ、聞いても聞いてなくてもあまり意味はないですね。どうぞ」

そう言って稲葉が差し出したのは、プリントアウトされた書類の束だ。

営業部長は訝しげに、恐る恐るそれを手にとっていた。しかし、なにが書いてあるかは判然としないらしい。不遜な態度で「これがなんだ」と鼻で笑い、会議机の上に叩きつける。

稲葉は穏やかに微笑んだまま、その一枚を手にとった。

「これは、大町の横領の証拠――を、捏造した証拠、です」

「は、――」

「そして、こちらが本来の横領の証拠、ですね。どうぞご確認ください」

稲葉の科白に、営業部長が血相を変える。だが、数字や文字の羅列を、営業部長が理解しているかどうかは謎だ。

彼はひたすら、そんなはずはない、と言いながら書類を何枚もめくり始める。

やがて、営業部長でもわかる「証拠」を目の当たりにしたのだろう。みるみる顔色が悪くなる。室温は決して高くないはずなのに、営業部長の顔には汗が滲んでいた。

「……そんなはずは、ない」

だが、彼自身も見覚えのあるものなのだろう。指先を震わせながら、営業部長は更にもう一度「そんなはずない」と繰り返した。

「ないと言われても、あるんだからしょうがないですね」

「け、消したはずだ……！　こんなもの、なんの証拠にもならない！　捏造だ！」

叫んで、営業部長が書類を握りつぶす。稲葉は眼鏡の奥の瞳を細めたまま、書類を一枚手にとった。

「世の中にはね、そういう『消したはずのもの』を復元する技術っていうのが、あるんですよ」

穏やかな声音だが、底知れぬ恐ろしさがある。

「そんな都合のいいものが……！」

「あるんですよ、残念ながら。シフトキーを押しながらデリートしたものが、本当にこの世から抹消されるとでもお思いで？」

嘘だ、でたらめだ、と営業部長は自分に言い聞かせるように反論する。だが、その声はあまりに小さい。

「付け加えると、こういうものは書き換えたのが誰かも、わかるようになってるんですよ。……つまり、あなたの『お仲間』もね」

「……馬鹿馬鹿しい、そんな都合のいいことがあるわけがない。聞いていられるか」

どうにか平静を装いながらも、営業部長の汗は止まらない。彼は稲葉に向かって書類を投げつけると、出口のほうへ歩いていった。

「ハッタリをかまして言質を取ったつもりだろうが、お生憎だな。根も葉もない噂を撒いたら、名誉毀損で訴えてやるからな」

「どうぞ？」

余裕の返答に、営業部長は顔を真っ赤にする。ドアを開き、振り向きざまに睨みつけた営業部長に、稲葉は肩を竦めて応えた。大きな音を立てて閉まったドアは、営業部長の動揺を表しているようだ。

稲葉は息を吐き、床に散らばった書類を拾い始める。志月も、それらを拾った。

「あの」

「ん？」

拾った書類を手渡した瞬間に目が合うと、稲葉が優しく微笑んだ。なんだかいつもの稲葉と違って——あの夜の「教明(のりあき)さん」と同じ稲葉に、妙に胸がざわめく。思わず、視線を下げてしまった。

視界に入るのは稲葉の無骨な手指だ。

「……あの、本当なんですか、さっきの」

「ああ。データの復元な。可能だよ。これだけ見ると少しわかりづらいかな」

そう言って、彼が一枚の書類を志月に見せてくれる。

「例えばこれは、横領の証拠のうちのひとつだけど」

指し示されたのは、志月が関わっていたとされる不正取引の証拠だ。取引先に架空発注や水増し発注を行い、割戻金を受け取っていた、という内容のものだ。

赤ペンで、いくつか丸印が付けてある。

「この時間に、どの端末――パソコンで操作があったのか、が示されている。この端末は、志月のものじゃない。で、それからずっと行って……」

言いながら、書類の文字の羅列の上を稲葉の指が滑っていく。

「で、このタイミングで志月の名前に書き換えられる」

とん、と指先で指し示された先には、志月の名前ではなく数字の羅列があった。だが、確かにその直前までとは違う数字になっている。

「これよりも、こっちのほうがわかりやすいか?」

そう言って、稲葉はいくつかの書類を取って説明してくれた。

どこか信じられないような気持ちでそれを聞いていた志月は、いつの間にか稲葉の横顔だけをじっと見つめていた。

志月の視線に気付き、稲葉がまた、優しく笑う。

「なんだ?　もう説明はいいのか?」

「……はい、ありがとうございます」

門外漢の志月には詳しいことはわからなかったが、彼が説明してくれた範囲で理解できたことは、これは横領の証拠であり、志月への疑いを晴らすものでもある。どうしてそれを稲葉が、という疑問が湧いてはいたものの、なによりも冤罪の証拠が見つかったことに安堵していた。

違うと否定をして、その言葉を信じてくれる人たちはいたけれど、それでも周囲の目は厳しく、証拠もない。もしかしたら、信じると言ってくれた人たちも、どこかで自分を疑っているのではと、不安だった。

気が抜けたように呆然としている志月の髪を、稲葉が掻き混ぜる。

「色々と遅くなったが、もう、大丈夫だからな」

笑みとともに告げられたその一言に、一瞬で涙がこみ上げてくる。ホッとしたら、涙腺が緩んだ。

——うわ、やばい。

泣きそうになって、志月は慌てて俯く。その頭を、稲葉が優しく撫でてくれるもので、ますます涙が零れそうになった。

息を止めて堪えていると、頭上から「ああ、くそ」という悪態が降ってきた。

どうかしたのかと問うより早く、俯いた頤に触れられる。掬い上げるように上向かされて、瞬きする間もなく唇を奪われた。

「っ……!」

反射的に身を竦めたが、それ以上キスは深くなることはなく、稲葉の顔が離れていく。

驚いて口をぱくぱくさせている志月に、稲葉は「泣き止んだ」と笑った。

「ほ、補佐……っ」

口を押さえて赤面する志月の額を、稲葉が小突く。

「さて、俺はこのあともまだ用事があるから、今日は真っ直ぐ帰れよ、大町」

「え、あ、はい……っ」

背を向けた稲葉を「お疲れ様でした」と見送りかけ、はっと気付く。

「補佐!」

稲葉は、ドアを開く直前で振り返った。

「あの……疑いを晴らして頂いて、ありがとうございました。でも俺、まだ、もうひとつ……気になっていることがあって!」

「――産業スパイの件?」

察しよく返ってきた言葉に、志月は頷く。彼は少々思案するような顔になり、片頰で笑った。

「……犯人が俺だったら、どうする?」

以前、稲葉を疑ってしまったことに、彼は気付いていたらしい。揶揄うような口調は、その本音や意図が読めなくて、志月を動揺させる。

けれど、はっきりと見返して、口を開いた。

「もし、万が一そうだというなら、自首してほしいと……思います」

「なんだよ、見逃してくれないのか?」

おかしそうに言う稲葉に、志月も苦笑する。

「はい。だけど、あなたが犯人じゃないって信じてるんです、俺」

「それは何故だ？　なにか根拠が？」

相変わらず、どこか軽い調子で聞き返してくる稲葉に、志月はきゅっと唇を噛む。

「根拠なんて、ないです」

「へえ？　わからないぞ、俺がお前の濡れ衣を晴らしたからといって、別件で悪事を働いてないとも限らないんだからな」

そういう試すような言い方は、少し意地が悪い。

「……ただ、俺が、そうじゃないといいなって思ってるんです。あなたが犯人じゃないって。そんなことするはずないって」

なんの根拠もないし、どちらかといえば願い事のような言い方をしてしまう。

「何故」

「……それは、だって」

信頼している。初めて会ったときも一夜限りだけの関係だったかもしれないけれど、優しくしてくれた。部下になって一緒に仕事をして、そして、こうやってタイミングよく助けてくれて。

「俺は――」

稲葉教明という男を好きになってしまったから、だから、好きな男を信じたい。

そんな己の気持ちをはっきりと自覚してしまい、志月の顔が一気に熱を持つ。突如顔を真っ赤にした志月に、稲葉が目を瞠った。

とてつもなく恥ずかしくて、けれど頬の熱は去ってくれず、志月は俯く。

稲葉は踵を返して戻ってくると、志月の首筋に触れた。唐突な接触に驚きながらも、志月は逃げない。

稲葉の手はゆっくりと志月の首筋の輪郭を確かめるように動き、頬に触れる。そして、稲葉は顔を近づけてきて、志月の頬にくすぐったいくらい優しいキスをした。

「週明けには、色々片付く。……だから、今日は真っ直ぐ帰ってくれ」

低い、官能的な声で囁かれて、腰が砕けそうになる。

頷くと、稲葉は志月の頬を撫でて小会議室を出ていった。


翌週明け、社内のグループウェア経由で、緊急朝礼を行うとの連絡が入った。

出社した社員へ告げられたのは、ライバル社による産業スパイ行為が発覚した、との報せである。

社内に動揺が広がる中、それとは別件で横領事件も発覚、その主犯格である営業部長、経理課長、他数名の社員の懲戒解雇の連絡のほか、名前ははっきりと出されなかったが、彼らが無関係である志月に罪をなすりつけたこと、志月はまったくの潔白である、ということも併せて報告があった。

そして、産業スパイの件についてはその日のうちに全国ニュースとなり、社内外が騒然となったのだ。

朝から怒濤のような情報を与えられて混乱していたのは当事者でもあった志月も一緒だった。加えて、終業後に呼び出された料亭の一室で、憧れの常務が自分に向かって頭を下げているという現状にも、志月はとてつもなく当惑している。

常務の横には、稲葉も座っていた。稲葉は先日と同様、「教明」として出会ったときのように一分の乱れもなくスーツを着こなしている。

二人並んでいると、妙な迫力があった。

「――この度は、本当に申し訳なかった」

「いえ、あの、頭を上げてください……！」

改まった謝罪に、志月は首を振る。先程から何度となく執り成しているのに、塚森は頭を上げない。

困惑して稲葉を見るも、彼はしれっとした顔で座っているばかりで塚森にも志月にもフォローを入れる様子はなかった。

「常務のせいでは、ないですから。謝らないでください……！」

本当に、何故常務が頭を下げるのかがわからないのだ。無実の罪を着せられたことに会社が謝罪をするというのはわかるのだが、どうしてそれが常務からなのか。

常務に謝ってもらうことではないのに、と眉を下げていると、稲葉が頭を下げたままの塚森の肩に触れた。

「まあ、謝らせてやれ。塚森は、お前を利用したようなものだしな」

「……利用？」

不穏な言葉を復唱すると、塚森が顔を上げる。申し訳なさそうな顔をしながらも、塚森は否定しない。

稲葉は息を吐き、口を開いた。

「俺は、そもそも塚森の依頼を受けて、この会社に入ったんだ。――塚森は、一年以上前から横領が行われていることと産業スパイの存在に気付いていた」

「え……？」

「俺は調査のために、塚森に雇われたんだよ」

「は――？」

思わぬ発言に、色々と訊きたいことはあるもののまとまらず、志月は固まる。塚森は居住まいを正し、説明してくれた。

「稲葉は学生時代から起業していて、以前から繋がりは持っていたんだ。彼の運営する調査会社は、デジタル・フォレンジックに強い」

「デジタル・フォレンジック……?」

耳慣れない言葉に、志月は目を瞬く。

「デジタル・フォレンジックというのは、情報漏洩や不正アクセス、データの改竄などのデジタル関係の犯罪の際に、電子データを分析して証拠とするための技術のことを言うんだけど」

「あ……」

先週、稲葉が志月に見せてくれた書類を思い出す。

塚森は、志月が産業スパイの存在を疑うよりももっと以前に、その事実に気がついていた。そして、横領の件も察知しており、同級生でありそういった方面に強い調査会社を立ち上げていた稲葉に調査の依頼をしたのだそうだ。

横領や産業スパイなどの行為が発覚した場合は、本人への事情聴取などはせずに内密に証拠を押さえるところから始める。

こういった犯罪は、回数を重ねるごとに警戒心が薄れ、油断によって対処が徐々に甘くなっていく。まして、その断罪が他者に向けられれば尚更だ。その証拠集めのために、稲葉は長く潜伏していたのだろう。

そして、この土日に、一気に片を付けたと思われた。

「事情が事情だったので内々に収めることはやめて、知っての通り告訴する方向でことを進めていた」

調査を始めた頃は、まだ横領と産業スパイが同一犯によるものなのか、その関係性はわかっていなかった。

産業スパイが人的なものなのか、いわゆるサイバースパイと呼ばれるものなのか。もし後者であれば、犯人の特定どころかどんな情報を取られ、どこへ流れてしまったのかを特定するのは困難である。

だが幸い今回見つかったのは、人的な産業スパイだった、ということらしい。

「……まあそういうあらゆる調査を含めて、こいつは俺のところに丸投げをしたってことだ」

「稲葉、もう少し言い方があるだろう」

「本当のことだろ」

二人の少し砕けた雰囲気に、志月は妙な居心地の悪さを覚える。志月の視線に気付いたのか、塚森が咳払いをして仕切り直す。

「疑いの目が他者へ向くと、ガードは甘くなりがちだ。……それで、君がこの件に関わっていないとはわかっていたが……」

――敢えて利用した、ってことか。

横領をしていたグループは志月に罪をかぶせることで、そして産業スパイは横領の噂で社内の視線が自分たちから逸れていると思い、油断する。

　両者を泳がせて一気に叩くために、横領犯に嵌められてしまった一介の営業部員でしかない自分が都合よく利用され、割を食った、というのは、言われてみると理解はできる。納得はしがたいが。

「……あ。もしかして、それで僕は懲戒解雇や退職勧告ではなく、『異動』になったんですか？」

「その件については本当に申し訳なかった。営業部長と人事部も関わっていたので、ひとまず安全な部署へ異動してもらったんだ」

　異動先には、稲葉がいる。そして恐らく、社史編纂室は常務の「派閥（はばつ）」のようなものなのだろう。もしかしたら、塚森――もしくは稲葉が気付いて動いてくれなかったら、志月は即日解雇となる可能性があったのかもしれない。

　妙に強引な処分だし、横領した金の返済の話もされないままだったので不思議に思っていたのだが、常務が手を回してくれていたようだ。

「だが、どんな事情であれ、君に事実を告げることなく利用したのは確かだ。本当に申し訳なかった」

「い、いいんです、そんな！」

　再度頭を下げた常務に、志月は慌てて頭を振った。

「本音を言わせて頂くと、納得できるわけではないです。でも、僕にその話をするわけにもいかないでしょうし、僕が、冤罪と見せかけて協力していた可能性がないわけじゃないでしょうから。言えないのも当然だと、思います」

事実調査をするのにも、きっと時間がかかる。だから、しょうがないことなのだ。

大丈夫です、平気です、と繰り返す志月に、塚森は顔を上げる。彼は志月の傍らに移動すると、肩に優しく触れた。

「図々しいことを承知で言うが、もし許してくれるのなら、このままここで働いてはもらえないだろうか」

「常務……」

「勿論、また元の営業部を希望するのなら便宜(べんぎ)をはかるし、他の部署でもいい。希望があったら、今すぐにでなくて構わないから言ってくれ。優秀な社員を手放すのは、私も忍びない」

「あ、ありがとうございます……！　頑張ります」

憧れていた男性に詫(わ)びられ、乞(こ)われて、たとえそれが社交辞令であっても志月には頷く以外の選択肢はなかった。

この会社も、仕事も好きなので、確かに気まずさはあるけれどやめたくはない。

「……大町(おおまち)がいいなら構わないが、お前少し簡単過ぎないか？」

感動している志月と、微笑む塚森の間を割って入る科白に、半ば浮かれかけていた意識が引き戻される。

稲葉は眉を顰めながら、塚森を睨んだ。

「大町に憧れられてるからって、全力でたらしこみに入りやがって。いいか大町、こいつは思った以上に腹が黒いからな」

「誤解だ。それに、たらしこんでなどいない。詫びて頭を下げただけだろう」

「いいから、さっさと大町から離れろ。その手を離せ」

「労いの言葉をかけるくらいで、嫉妬するな」

嫉妬、という言葉にぎょっとする。特段深い意味はないのかもしれないと塚森を窺えば、彼は鷹揚(おうよう)に微笑んでみせた。

稲葉の言う通り少々腹の底は読めないが、それでもいいやかっこいいから、と思ってしまう志月は確かに「簡単過ぎ」なのかもしれない。つい微笑み返してしまった。

「大町、行くぞ」

「えっ……」

もうこんなに近くで塚森を見る機会はないかもしれないと、見惚れていた志月の腕を稲葉が取って立たせる。

「お前の用事は謝罪だけだろ。もういいな」

「ほ、補佐……、あのっ」

志月はおろおろと稲葉と塚森を見比べる。塚森は笑みを浮かべたまま、志月に手を振った。

「大町くん。今度、また改めてお詫びの食事に誘ってもいいかな?」

「駄目だ」

志月が応答するより早く、稲葉が勝手に答えてしまう。

「なんで補佐が勝手に決めるんですか!」

「うるさい、あんなややこしくて危ないのに近付いたら食われるぞお前」

「お前が言うなよ稲葉」

塚森の指摘に、そうだそうだと賛同しかけて、志月ははっとする。

——……なんか、俺たちのこと知ってる口ぶりなんですけど。まさかね?

塚森を凝視するが、彼は相変わらず腹の読めない笑顔を湛えている。稲葉に目を向ければ、こちらはとんでもなく渋い顔をしていた。

「稲葉。お前、大町くんに言っていないことが色々あるだろう?」

「言っていないこと?」

稲葉は唇を引き結んだまま、ばつが悪そうだ。

「勝手に退室するのはいいけど、残りは全部お前が話せよ?」

「……うるさい。ほら、行くぞ大町」

「あ、し、失礼します!」

引きずられるようにしながら志月は塚森を振り返る。塚森はにこやかに手を振ってくれた。

料亭前に停まっていたタクシーに乗り込むと、連れて行かれたのは稲葉の自宅マンションの一室だった。

繁華街の真ん中にある高層マンションは入り口にホテルのようなフロントロビーがあり、通されたのは生活感がないくらいに綺麗で大きなリビングだ。大きなソファセットがあり、そこに座るように促される。

そわそわしつつ座って待っていると、稲葉が缶ビールを二本持って戻ってきた。

「ほら」

「あ、ええと……ありがとうございます」

缶を一本受け取った志月の横に、稲葉が腰を下ろして自分のほうの缶を開けた。

志月もプルタブを開けて、缶ビールに口をつける。自覚していたよりも喉が渇いていたようで、一気に半分ほど飲んでしまった。稲葉はそのまま飲みきったようで、テーブルに置かれた缶がやけに軽い音を立てる。

「……営業事務の女に、連絡ってしたか？」

「え？　あ、はい」

予想していなかった第一声に、志月は戸惑いながら頷く。

営業部長が訴えられたという情報を入手して、青田には朝礼のあとから幾度か連絡を入れている。だが、電話は繋がらず、メッセージも未読のままだ。今朝から、志月だけでなく社内全体がばたついていたので、営業部に顔を出して直接会う暇もなかった。

「連絡先は消しておけ。もう繋がらない」

「――！　……はい」

その一言に、志月は青田の正体を悟る。

今朝の午前七時頃、横領の主犯格グループと、産業スパイの実行犯はその身柄を拘束されたそうだ。犯人の携帯電話は、とっくに警察に押収されているだろう。

「彼女が……」

なにか言おうと思ったが、それ以上の言葉は出てこない。青田は、普段は真面目に仕事をこなしている女性だった。営業部にいた頃から何度も会話を交わしていたし、部署で飲みに行ったこともある。

元から背任行為をするために潜り込んだのか、それともライバル社と後に繋がりをもってスパイ行為に手を染めたのか。いずれわかることかもしれないが、あまり詳しく知りたくはない気がする。

「あの……さっき常務が言ってた、俺に言ってないことって、そのことなんですか？」

訊ねると、稲葉は足を組み、頭を掻く。どうやら、そのことだけではないらしい。

ならば聞こうと黙って待っていたが、稲葉は「あー……」と言うばかりで一向になにも言わない。どう切り出すか、迷っているように見えた。

「あの、じゃあその前に、ちょっと疑問に思ってたこと先に聞いていいですか」

「あ？」

「前に、店で俺に声かけてきた人って、もしかして補佐の調査会社の人だったりとか……します？」

稲葉と出会ったショットバーで、「稲葉は俺のだから手を出すな」と忠告してきた彼のことだ。あのときは、志月をナンパだと思って牽制した、と話していたが、稲葉が彼とどういう関係性なのか、ということには言及していなかった。

「ああ、あいつな。そうだよ。あれも俺の会社の調査員」

「そうなんですか……」

「声をかけたときに少し思わせぶりなことを言ったみたいだが、あいつは異性愛者だし、そういう意味で関係したことはない」

あっさりと、訊きたかったことも含めて全部返ってくる。稲葉は更に「それにあいつは俺の好みじゃない」と付け加えた。

「あいつは今、経理部に潜り込んでる」

「えっ⁉」

営業部時代には、経理部にもよく出入りしていた。その中にいる誰だ、と記憶を探ってみるが、思い出せない。必死に思い出そうとしている志月の頭を、稲葉がぽんと叩いた。

「まあ……そのあたりから説明すると、実は大町のことも、一年前からずっとマークしてたんだ」

「は⁉ ……えっ⁉」

さらなる新情報を投げられて、志月は困惑する。

あくまで自分は囮として使われた、という話ではなかったのか。それで先程、謝罪を受けたのだと思っていたが、どういうことなのか。

「お前、産業スパイの存在に気付いてからちょこまか動いてたって言ってただろ」

「あ、はい……」

「後から事情を聞いたらまあ、独自に調べようとしてたってことだったわけだけど、その不審な行動のせいで、お前がそのスパイなんじゃないかって疑いもあったんだよ、当初」

「そうなんですか⁉」

ひっそり動いているつもりだったのに気が付かれていたことにも驚いたし、もしかしたら、ひとつ手間をかけさせたのではないかと気付いて、申し訳なくなる。

「その辺りの絡みもあって、お前が俺を尾行してたのかと思ったんだと。謝っておいて、って言ってたが」

あの後、やけに強い口調で問い詰められたのは、そういう事情もあったようだ。

「す……すみません、こちらこそ……」

一方で、胸に抱いた疑念が膨れ上がって顔に出てしまった。それを察して、稲葉が首を傾げる。

「……大町？　どうした？」

志月は飲みかけの缶をテーブルの上に置き、傍らの稲葉を少し見上げる形で顔を向ける。

そこにいる稲葉は、あの晩声をかけてきて、一晩過ごしてくれた教明と同じ姿だ。

「……じゃあ、あのとき俺に声をかけたのは、偶然じゃないんですね？」

志月の真っ直ぐな問いに、稲葉は口を閉じる。

表情が一瞬変わったのも、志月は見逃さなかった。やっぱりそうだったのか、と確信に変わる。

「俺が本当は犯罪者なのかもって、近付いて来たんですね？」

「大町」

「……そっか」

偶然ではなかったのだ。それだけのことに、相当なショックを受けていることを自覚する。ターゲットが自分から声をかけてきて、しかも探っていることの一端を喋り始めたのだから、ある意味楽な調査だっただろう。

先程、塚森から謝罪を受けたとき、彼らの行動を納得はできないが理解はできると思った。だが、犯罪者と疑われ、尾行をされて口外していない性嗜好(せいしこう)を暴(あば)かれたのだという事実に、傷ついたのも事実だ。

「じゃあ、俺を抱いたのも……調査の一環ですか」

「大町、それは違う」

「……あー、でも、じゃあ聞いてもないのに横領だのなんだの話し始めたから、余計怪(あや)しかったですね」

身の潔白をアピールしていたようにも、見えなくはない。

あのとき、志月は本当に傷ついていて、稲葉に慰められて心が楽になった。それなのに、全てに疑いの目を向けられていたのだと思うと、泣きたくなる。

頭では、彼らは彼らの職務を全うしただけなのだと理解していた。けれど、そんなことを知らされた志月の気持ちは、どこへ持っていけばいいのだろう。

「——悪かった！」

羞恥とあまりの惨めさに、堪えきれずに目を潤ませた志月の両肩を摑み、稲葉が叫ぶように謝罪する。

その必死の形相に、涙が引っ込んだ。

稲葉は逡巡しながらも、しどろもどろに言い訳を始める。

「だけど、誤解しないでくれ。俺は騙そうとか、口を割らせようと思ってお前を抱いたわけじゃない」

「……じゃあ、どうして」

疑問を素直にぶつけた志月に、稲葉はぐっと言葉に詰まった。そして、思い切るように口を開く。

「――誘いに乗ったのは、お前が……可愛かったからだ」

「っ……」

「近付いたら好みのタイプで、元気なくせに弱っていて……慰めてほしいと腕を伸ばされて、断れるわけがないだろ」

可愛いとか好みのタイプだとか、真正面から言われて面食らう。

「開き直らないでくださいよ……」

「開き直ってるわけじゃない。……あいつらに解雇される前に、なんとか塚森の手配が間に合って、お前が編纂室に来て、一生懸命で元気で、やっぱり可愛く思っていたんだ。その後もずっと」

けれど、稲葉には疑っていた負い目があった。

「お前は、真っ直ぐに俺を信じている。そういう真っ直ぐさがあるから、騙されて利用されたり、貶められたりしたんだろう。……でも俺は、そこを可愛いと思ったし、一緒にいると安らいだ。だからこそ、日が経過するにつれて負い目がどんどん蓄積していって」

こういった潜入捜査をするときは、稲葉たちは周囲を欺く立場にいる。悪事を暴くためとはいえ、装っているのには変わりはない。

そんなことを逐一気にしているようでは、調査員になどなれないのだと稲葉は言う。

「いちいち同調したり、同情したり、絆されたりするタイプには、向かないんだ。俺だって、一度も気にしたことはなかった。罪悪感なんて、持ったこともなかった。――だが」

「……俺は、特別ですか？」

志月の問いに、稲葉の目元が、珍しくうっすらと赤くなる。じいっと見つめ続けていたら、稲葉の形のいい眉が寄せられた。

「……くそ、そうだよ」

稲葉はぐしゃぐしゃと自分の髪を乱した。綺麗にセットされていた髪が乱れると、編纂室で見る「稲葉補佐」の姿が垣間見える。

いつもあんなに「ちゃんとしてくれればいいのに」と思っていたのに、照れるその姿が可愛く見えて、つい頭を撫でてしまった。

その腕を摑まれて、ソファに押し倒される。稲葉は志月を見下ろしながら、「今更だが」と口を開いた。

「……すぐにじゃなくてもいい。もうお前に嘘はつかないから、俺を信じてくれないか」

稲葉は、志月に嘘をついていたわけじゃない。ただ、装って、黙っていただけだ。

「徐々に、少しずつでいいから……時間をくれ」

実際に傷つきはしたものの、彼の仕事や事情を考えれば致し方ないことだ。こうして真剣な眼差し(まなざ)で「信じてくれ」と言われると、すぐに頷いてしまいそうになる。

疑っているわけでは、多分ない。けれど身を任せるには、まだ躊躇があった。かといって、稲葉がこれ以上のなにを言ってくれたら自分が納得できるのかも、わからない。

「大町、俺は……」

そう言って、稲葉も口を噤んでしまった。

結局は、志月自身の問題なのだ。稲葉が信用できないわけでも、許せないわけでもない。ただ、行き場のない不満や不安が渦巻いている。ともすれば、稲葉相手に嫌なことを言ってしまいそうでもあった。

無言で見つめ合い、稲葉が溜息を吐く。そして、ゆっくりと覆いかぶさってきた。志月の肩口に、稲葉が顔を埋(うず)める。

「あー……くそ、なにを言ったらいいか……」

「うん、俺もです。色々、考えちゃって。なにを言ったらいいのか、わからなくて」

様々な感情が入り乱れて、息苦しいくらいだ。

「――なので、俺、走ってきます」

「は？」

稲葉が、思わずといった様子で身を起こす。

悩んで困ったときの対処法は、体を動かすこと。

そこに打開策があるような気がして、思いついたら自分にとってそれ以上の解決方法はないような気さえしてくる。志月は稲葉を押し返し、ソファを降りた。

「大町、走るって、だってお前」

「あ、ご心配なく！　今日は通勤ランの準備していたので」

ほら、と通勤用の鞄を探ってランニングシューズを取り出す。シューズと同様に、通勤ラン用のウェアも一緒に入れているが、今日は走って帰るつもりだったので既に衣類の下にランニング用アンダーウェアを着ていた。

失礼しますと断って、志月は服を脱ぐ。脱いだシャツとズボンをバックパックに詰め込み、あらかじめ着用していたタイツの上にハーフパンツを穿く。

「補佐も、時間が欲しいでしょう。俺その間、ひとっ走りしてきます！　皇居近いですもんね、ここ」

「は？　ちょ、待て、皇居は全然近くない――」

「いってきます！」

玄関で靴を履き替えて志月はエレベーターではなく外階段を駆け下りる。時間を確認し、マンションの前で軽くストレッチをしてから、皇居に向かって走り出した。日中はまだまだ気温は高いが、風はもうだいぶ冷たくなった。

走りながら、稲葉の住む町を改めて眺める。

この町に降り立つのは初めてではなかったが、改めてじっくり見たこともなかった。最寄り駅はここか、スーパーも案外近いな、コンビニも多いしファミレスもある、とひとつひとつ確認しながら走る。

――そっか、この辺桜並木もあるんだ。……お花見できるなあ。

夏には有名な花火大会もある。秋は紅葉で賑わう場所もあった。神社も多く、初詣(はつもうで)はどこにいったのだろう、と考えながらひたすら走る。

稲葉のマンションから皇居までと、皇居外周が大体同じ程度だったので、一周だけ走って再び戻った。

「ただいま戻りましたー」

のんびり走って稲葉の元へ戻る頃には、すっかり気分も晴れていた。

だが、十五キロ強走った志月よりも、部屋で待っていてオートロックを開けて玄関で出迎えてくれた稲葉のほうが、なぜかぐったりしている。

「……ええと……なにかあったんですか」

「なにかって、お前が走って出ていったんだろうが」

出ていったわけではなく、気分転換に走りに行ってきただけだ。

困惑する志月に、稲葉は大きく溜息を吐く。

「……戻って、来ないかと思った」

「え？」

ぽつりと呟かれた言葉に「どうして」と問いかけ、口を噤む。

とにかく頭を切り替えることに必死になっていた志月だったが、考えてみれば「ラブシーンの途中で走って逃げた」状況でもある。

「お前、『察しがいい』とか絶対嘘だろ……」

「あの、別に、逃げたわけでは……。荷物も置いていったし」

言い訳をしようとした志月に、稲葉は苦笑した。

「そうだろうな。まあ、『普段は走ってストレス発散』って言ってるしな」

はあ、と嘆息しつつ、稲葉は玄関に立ったままの志月の腰を抱き寄せた。唐突な接触に、息を呑む。

「まあ、ぐずぐずしてた俺が悪いか」

「あの、補佐……俺、汗かいてるので……」

　あんまり近付かないほうがと及び腰になっていると、稲葉は片頬で笑って、更に引き寄せる。

「で、お前は走ってすっきりしたってわけか？」

「補佐……っ」

　汗をかいているとわかっているはずなのに、首筋の辺りに顔を寄せてくる。身を反らせてよけようと思っても、稲葉の腕が志月をホールドしていて逃げられない。

　なんとか後ろに下がって逃げようとしたが、ドアに追い詰められただけだった。更に迫ってくる稲葉に、志月は顔を横に向けた。露わになった首筋に、稲葉が鼻先を擦り寄せる。

「……っ、汗くさいですから、あんまり近付くのは……っ」

「どうなんだよ。もうすっきりして悩みは解消したのか？」

　喋るたびに、唇がほんの僅(わず)かだけ肌に触れる。ぞくぞくして、足の力が抜けそうだ。

「か、解消は、してませんけど……、でもっ」

　でも？　と稲葉が首を傾げる。

「この近くを走って、こんなところで、暮らしてるんだな……とか、色々、考えてて」

　質問の答えにもなっていないことを、自分でもわけがわからないまま話し続ける。ちらりと至近距離にある稲葉を見上げた。

「ずっと……補佐のことずっと、考えてました」

志月の言葉に、稲葉は無表情のまま黙っている。

いつもは無心で走っていたのに、今日はずっと稲葉のことばかり思っていた。深く考えずつい口に出してしまったが、結構とんでもない科白だったかもしれない。

今になって恥ずかしくなり、顔が熱くなる。

——いっそ笑ってください……！

恥ずかしさに身悶えていると、顎を掬い上げられ、唇を塞がれた。

「っ……！」

彼の舌に、走って乾いていた口の中を濡らされる。志月の喉が、小さく鳴った。

「んん、んっ」

足の間に膝を差し込まれ、逃げ場を失う。戸惑っていたはずなのに、いつの間にか志月は自分から求めるように舌を絡めていた。

吸われ、甘噛みされて、気持ちよさに身を震わせる。

「ん……っ」

唇が離れ、無意識に名残惜しそうな吐息が漏れる。

稲葉は眼鏡の奥の目を細めて、志月の腰を抱いた。

「このままベッドに行くか、俺とシャワーを浴びるか、どっちがいい？」

言いながら、稲葉は膝を更に深く差し込み、腿を志月の腰に押し当てる。ぐい、とこすられた自分のものは既に兆(きざ)していて、志月は「あ」と声を上げた。

走ってきたばかりで汗が気になるので、シャワーを浴びたい。だが、二人でシャワーを浴びるというのも恥ずかしい。逡巡していたら、タイムアップとばかりに稲葉に抱き上げられた。

稲葉は浴室ではなく、ベッドルームに志月を運ぶ。リビング同様、あまり生活感を感じない部屋だったが、稲葉の匂いがして落ち着くのに落ち着かない。

稲葉はベッドに志月を下ろし、すぐに伸し掛かってくる。

「ほ、補佐っ、俺まだ答えてません……！」

「待ってたら夜が終わりそうだったんでな」

「じゃあシャワー！　シャワー浴びさせてくださ――」

「残念、時間切れだ」

言いながら、稲葉が自分のネクタイを乱暴に引き抜く。その仕草が恰好良くて、志月は抵抗も忘れて、見惚れてしまった。


「補佐、やだ、嫌です……っ」

志月(しづき)の足の間に顔を埋めている稲葉(いなば)の髪を、耐えられずに引っ張る。いて、と言いながら、稲葉は顔を上げた。

まだワイシャツとスラックスを着たままの稲葉は、その知的な容貌に不釣り合いないやらしい表情で笑う。

「嫌じゃないだろ。……ほら」

証明するように、稲葉は志月の性器を指先でなぞる。湿った布の下にある自分のものが、ひくりと震えるのがわかった。志月は身を震わせて頭を振る。

稲葉は口の端で笑い、再び布の上から唇で志月のものを食んだ。

「う、あ」

稲葉は、ランニング用のタイツを脱がせないまま、志月の性器に舌や唇で愛撫を加える。もどかしいし、汗と唾液と体液でべたつく感触がなんとも形容しがたい。

「変態っぽい、ですよっ」

「まあ、否定はしないな」

言いながら、べろりと付け根の辺りから舐められる。会陰や鼠径部を指で愛撫しながらの口淫は、布越しのせいか射精するほどではなく、けれど紛れもない気持ちよさがあった。布一枚隔てて触れる舌の感触は生々しさもあり、心拍数が上がる。

それに、やっぱり汗が気になって、羞恥で気が散ってしまい集中できない。

それが決定的な快楽を遠ざけているのもわかっており、志月は半泣きになりながら再び稲葉の頭を押さえた。

「ひどいです、こんなの、生殺し……っ」

「お前だって生殺しにしたろ」

「してないです！　……してな、い……っ」

タイツを半分ずりおろされて、剝き出しになった性器のほうではなく、後ろに指が這う。不意を衝かれたこともあって、指一本がするりと入れられてしまった。

「う、ぁ」

一瞬窄まったそこは、すぐに稲葉の指を受け入れる。徐々に指が増えていき、いやらしい音も聞こえ始めてきた。

散々焦らされたせいか、指で中を擦られるだけで達してしまいそうだ。

「あ……、あっ」

感じる部分を執拗に愛撫されているうちに、覚えのある感覚が襲ってくる。期待して体が強張ったが、あとちょっとというタイミングで指を引き抜かれてしまった。

「補佐、なんで……っ」

「悪いな、俺も限界だ」

稲葉はそう言うなり、志月の着ていたTシャツを剝ぎ取り、膝のあたりでひっかかっていたタイツを脱がして放り投げた。

志月の足を開かせて腰を抱え直し、稲葉が熱くなった性器を押し当ててくる。押し広げられる感触に、志月は無意識に息を詰めた。

「ん、ぅ……っ！」

「……っ」

浅い部分にある、感じる場所に稲葉のものが擦れる。その瞬間、ずっと焦らされ続けていた志月の体はあっさりと達してしまった。

「や……っ」

あまりの早さに恥ずかしくなり、涙で目が潤む。咄嗟に逃げようとした体を稲葉に抱き込まれ、まだ快楽に震える中に、一気に押し込まれた。

「――……っ」

声にならない嬌声(きょうせい)を上げて志月は稲葉にしがみつく。

稲葉が小さく息を吐き、志月の前髪を優しく指で払った。震えながら目を開くと、熱っぽい視線で志月を見下ろす稲葉が視界に入ってくる。

「補佐、ぁ、……っあ、」

稲葉は志月の額に優しくキスをして、志月の腰を支えながら体勢を変える。稲葉の腰に跨る体位になったが、力の入らなくなった志月の体は抵抗もできないまま、稲葉のものを奥まで飲み込んだ。

息苦しく、押し広げられる圧迫感に志月は仰け反(のぞ)る。

「深、い……っ」

硬くて大きいものが、ゆっくりと志月の深いところを掻き回す。まだ勃ちきっていない志月の性器に、稲葉の指が絡められた。

「や……っ」

前と後ろからの刺激に、志月は頭を振る。稲葉の手の上に自分の手を重ねて、やめてと懇願(こんがん)した。

「なんで？　いいだろ？」

「よくな……っ、あたま、変になるから――……！」

突然下から突き上げられて、二人の手の下で爆ぜる気配がした。

「あ……っ、あ……っ」

稲葉は志月の腰を両手で摑み、激しく揺さぶる。志月の唇からは泣き声のような喘ぎがひっきりなしに漏れる。

「あ、駄目……っ、駄目です、俺また……っ！」

ずっと気持ちいいのに、体の奥からもっと強く甘い波が押し寄せてくるのがわかった。

「いいぞ、いって」

笑みを含んだ声は掠れて色っぽく、唆(そそのか)されるように背筋に静電気のような痺れが走る。

「やだ、俺ばっかり、嫌……ぁ――！」

志月は稲葉のシャツを掴み、身を屈めてその胸元に顔を押し当てながら達した。

「……っ、……」

以前教えられた、性感帯である腰の窪みを撫でられながらゆっくりと腰を回され、声もなく震える。

息もできずに硬直した志月の体を抱き、稲葉は腹筋の力だけで上体を起こした。志月を仰向けに押し倒して、稲葉がシャツを乱暴に脱ぎ捨てる。

呼吸が戻り、胸を喘がせる志月の体の上に、稲葉は上から押さえ込むように覆いかぶさってきた。

首筋や顎、頬にキスをしたあと、稲葉は身動きがとれない志月に激しく腰を打ち付けてくる。

「待っ……、止まっ、て……!」

「っ、ここで止まるのは、無理だな……っ」

笑いを含んだ声は、思った以上に余裕がなさそうだ。

「志月……っ」

「――!」

志月の名前を呼び、稲葉が志月の唇をキスで塞ぐ。唇を合わせたまま数度突き上げられ、一際強く中を穿たれた後、一瞬遅れて稲葉の背中が強張った。

中に出された瞬間、目の前が真っ白になる。

高いところから落下するような感覚とともに遠ざかっていた五感が戻ってくると、無意識に止めていた呼吸も戻り、けほ、と咳き込んだ。

上に重なる稲葉も、乱れた息を整えている。そっと汗ばんだ背中を撫でると、稲葉は微かに上体を浮かせた。

互いに汗だくになりながら、どちらからともなく唇を重ねる。先程までの激しさを労るように、稲葉の舌が応える気力もない志月の口腔を優しく愛撫した。

――……すごい、まだ気持ちいい……。

疲弊した体にキスが心地よくて、志月は舌の感触を堪能する。

「名前……」

唇が離れたタイミングで、呟く。稲葉は「ん？」と首を傾げて、志月の髪を撫でた。

「名前、呼ばれてちょっとびっくりしました」

「ん？　ああ」

初対面の夜以降、稲葉はずっと「お前」か「大町」と志月を呼んでいた。こんなときに名字呼びでもないだろうと思うが、名前で呼んでもらえたことが嬉しい。

頰を緩めた志月の唇を撫でながら、稲葉が揶揄うように見下ろす。

「志月こそ、俺の名前は呼んでくれないのか？」

「え？」

「ベッドの上で、『補佐』でもないだろう？」

言われてみて、確かにこのところ呼び慣れた「補佐」とずっと呼んでいたかもしれないと気づく。目を細めながら見つめる稲葉の首に、志月は腕を絡める。

「好きです、教明さん」

「——」

名前とともに気持ちを告げたら、稲葉の表情が固まった。

「好き……、あっ！」

まだ中に入ったままの稲葉のものが、急速に硬さを取り戻していくのがわかって、志月はびくっと背を反らす。

ちょっと、と抗議しようと思ったら、稲葉が珍しく赤面などしていたもので、つい凝視してしまった。

「……教明さんって」

「……なんだよ」

「案外純情なところもあるんですね」

普段、結構揶揄われているので、ここぞとばかりにお返しをしてみる。けれど、数秒ですぐに立ち直った稲葉に再度組み敷かれ、ほんの少し後悔する羽目になった。

志月の異動に関しては、次の人事まで持ち越しとなった。

外部から調査という名目で潜入していた稲葉は、今年度いっぱいで退職が決まっているそうだ。社史もその頃には発行をし終えている予定なので、新しい人員を補充すれば志月と稲葉が抜けても十分業務は回るだろう。

「……でも、意外でした」

「ん？」

資料室でファイルの整理をしながら呟くと、相変わらずだらしのない服装で出社している稲葉が資料をめくりながら首を傾げた。

気の緩みまくった彼と、高いスーツを着こなした彼、どちらが素なのだろうかと訊いたが、「どちらも」というのが稲葉の弁だった。

だが前者と後者、どちらが没個性かというと、きちんとした身なりのほうなのだという。個として印象に残りやすいのはだらしない姿のほうで、それもあって調査活動を行うときは小綺麗な装いをするそうだ。

「意外って、なにが」

「青田さんが産業スパイの実行犯だったこともですけど、飯窪さんが、教明さんのところの調査員だったなんて」

社史編纂室に異動したばかりの頃、稲葉が有能そうな感じはしない、と加藤と世間話をしていたが、思い違いだった。飯窪もそうだが、彼らは不正調査をしながら社史編纂室の業務もまったく滞りなくこなしていたのだから、確かに有能なのだ。

「ま、あんまり編纂室にいなかったからな。殆ど会ったことなかったろ」

常務の管轄下、というだけではなく、社史編纂室は総務部とともにそれなりに権限が広く効き、あらゆる部署に社員証一枚で出入りすることができる。隠れ蓑としては最適なのだなと感心した。

稲葉が主に社史編纂室で解析用にコピーしたハードディスクの中身を洗い出し、飯窪は怪しい動きをしていた社員のいる各部署のサーバやリムーバブルメディアの調査にあたっていたらしい。

「あの、ひとつ疑問なんですけど……」

「ん？」

「そういう……個人のパソコンの中身見るのって、法的にはどうなんですか？」

「ああ。まあいちいち覚えてないと思うけど、ここの社員は入社時にそういう誓約交わしてるんだよ。内部不正発生時、自宅のパソコンを含めて調査をしていいっていう」

「そうなんですか？」

「結構そういう会社多いぞ。誰もまともに目を通してないと思うけどな。この誓約がないと、相手が有罪でも、調べたほうが罪に問われることもある。まあ滅多に罪にはならないけど」

なるほどー、と返答をして、会話は途切れた。

ファイルの整理をしつつ資料を探していると、不意に影がかかる。振り返れば、稲葉が至近距離まで来ていた。

「で？　志月は来期から営業部に戻るのか？」

「ええと……思案中、です」

社内の問題は一掃(いっそう)されたが、営業部長が横領犯、そしてセクハラを受けていた営業事務が他社の産業スパイだった、ということで、営業部は揺れている。

元同僚からは、朝礼のあとにいくつも謝罪の言葉があった。社史編纂室まで直接謝りに来た者もいる。新しく就任した営業部長やその他の上長からも謝罪と、戻ってきてくれないかという誘いがあったのだ。

本来ならば、人事について本人の意志はあまり考慮されないが、今回ばかりは志月が営業部に戻りたいと言えばすぐに戻してもらえるだろう。

「まあ、稼ぎ頭だったもんな、志月は」

「……はは」

「それとも、この会社やめて、俺んとこ来る?」

耳元での誘いに、志月は瞠目する。ぐぐ、と顔を寄せてくるので、志月は棚を背にずり下がった。じいっと睨みつけると、稲葉は降参するように手を挙げる。

「……教明さん、ここは神聖なオフィスなので悪ふざけはやめましょう」

「残念だ」

志月の頭のてっぺんに音を立ててキスをして、稲葉が資料室を出ていく。

志月は息を吐き、その場にしゃがみこんだ。

常務に憧れて入社を果たし、営業の仕事は天職だと思っている。社史編纂室の業務も、楽しくなってきたところだ。色々とトラブルもあったけれど、志月はまだ、この会社で働きたいと考えていた。

——なのに……ああいうこと言われるとちょっとぐらつく。

頬の火照りが取れたら、社史編纂室へ戻ろうと、志月は真っ赤になっているであろう顔を膝に埋めた。

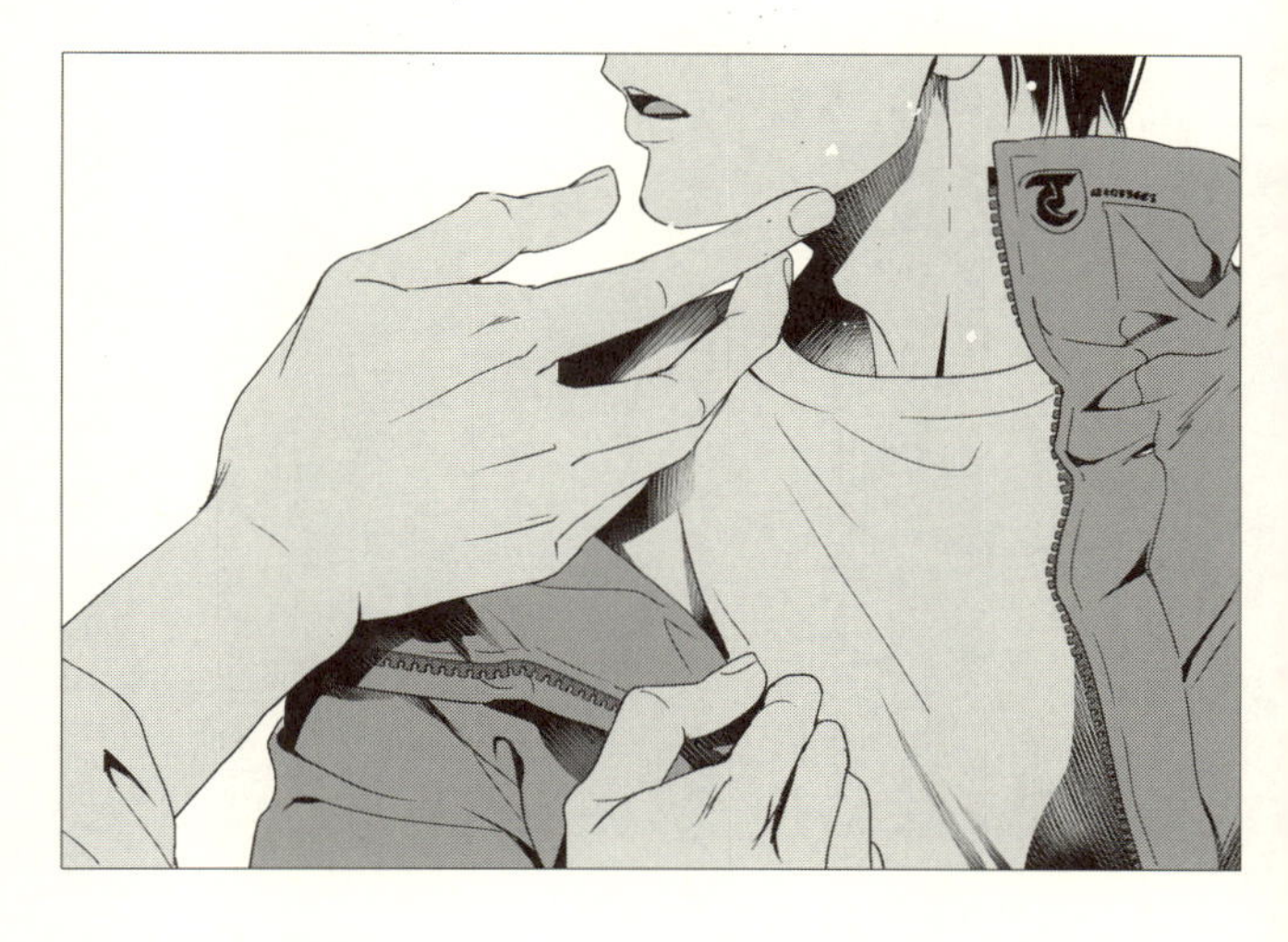

終業の、その後で

shūgyō
no,
sono
ato de

パソコンのモニタに映し出された文字が霞んで見え、稲葉教明は眉を寄せた。眼鏡を外して眉間を揉み込み、背凭れによりかかる。

今日は金曜日だが、稲葉は早めに会社を辞して自宅で作業を行っていた。稲葉は顧問待遇のため、出退勤は比較的自由に決められる。

それから程なくして、マンションの玄関のドアが開く音がした。

「こんばんはー」

仕事部屋に顔を出したのは、先日恋人になったばかりの大町志月だ。大きな目をぱちりと瞬く志月に、稲葉は頬を緩める。

「お疲れ。……なんだよ、また走ってきたのか？」

会社帰りのはずの志月は、上下ともランニングウェアを着込んでいる。息は切らしていないものの、頬はうっすら上気し、汗ばんでいた。

見ようによっては色気があるし、稲葉から見ても割とそそられる姿ではあるのだが、本人はまったく色っぽい雰囲気もなくにこりと笑って頷く。

「今日は会社からなので、そんなに走ってもないですよ」

普通は走る距離じゃねえよ、と胸の内で苦笑しつつ、稲葉は「そうか」と頷くにとどめた。

「夕ご飯まだですよね？　買ってきたので食べませんか？」

「あー、すまん。いつも悪いな」

「いえいえ。俺も教明さんとごはん食べたいですもん。その前にシャワーお借りしますね」

背負っていたバックパックから買い物袋を取り出してテーブルの上に置き、言うが早いか志月は浴室へと行ってしまった。

あっという間に消えていった背中を見送り、稲葉は大きく溜息を吐く。

――……あいつ、可愛いこと言っておいて俺を放置するんじゃねえよ……。わざとか……？

無意識に差し出しかけた行き場のない手をどうしたものかと、稲葉は握ったり開いたりしてごまかす。

気を取り直し、志月が戻ってくるまで作業を続けようと、再度パソコンに向かい合う。片肘をつきながら画面に何窓にも開いた無数の文字列を目で追っていたら、再び「教明さん」と呼ばれた。

「お待たせしました。ごはんにしましょう」

顔を上げれば、モニタの向こう側に志月が立っていた。

「ああ、悪い」

いつの間にかシャワーを終えた彼が戻ってきていたらしいが、作業に没頭しすぎていてまったく気が付かなかった。

リビングへ行くと、既に志月が夕飯の準備をし終えてくれていた。テーブルの上には、デリの容器や銘々皿、ビールグラスなどが並べられている。

志月は腰を下ろしてビールの缶のプルトップを開け、二つのグラスに注いだ。グラスをひとつ、稲葉へ寄越す。

「じゃあ、今週もお疲れ様でした」

「お疲れ」

かちんと音を立ててグラスを合わせ、互いに口へ運ぶ。志月は旨そうにビールを飲み干し、満面の笑みだ。

いただきます、ときちんと挨拶をして志月が惣菜へ箸を伸ばす。稲葉もグラスを置いて、気づいたら既に皿へと乗せられていたサラダを口に運んだ。

「お仕事、忙しいですか？」

「んー……まあ、多少は。塚森の件が終わったから、寧ろちょっと暇だな」

現在抱えているのは、塚森に依頼された社史編纂室の補佐としてのものではなく、本業のほうだ。既に塚森からの依頼であった、産業スパイや横領の件についての片はついているので、稲葉は既に別件へ手をつけていた。

「全然暇そうに見えませんけど。なんだか常にパソコン見てません？」

「忙しくないとは言っても仕事自体がないわけじゃない。あとは、作業するとき割と没頭するから忙しく見えてるんじゃないか」

余裕がないくらい忙しかろうとそうでなかろうと、休憩をあまりしないのでいつも忙しそうに見えるのかもしれない。

志月は「休みましょうよ」と苦笑した。

「お前の方こそ、来年度から部署異動だろ。忙しいんじゃないのか」

「そうでもないですよ。社史編纂室では引き継ぎもないですし、営業のほうはまた挨拶まわりが必要ですけど、それも別に忙しいってほどでも」

志月は結局会社にとどまり、元々所属していた営業部へまた戻ることにしたそうだ。特例で即日異動という話も出ていたようだが、本人の希望もあって年度変わりまでは社史編纂室に在籍していることにしたらしい。

——よっぽど、会社が好きなんだな。

じっと見つめた稲葉に、志月は首を傾げる。

——あんな目に遭ったら、普通は二度と戻りたくないと思うもんだが。

志月は横領の濡れ衣を着せられ、そのせいで同僚から辛く当たられていた。冤罪だとわかったときに同僚や会社から謝罪は受けていたものの、再度そこへ戻るのは並大抵のことではないだろう。

同僚も、ばつの悪さにぎくしゃくして支障を来すのではないか、と思うのだが、志月はそのあたりを気にする様子はない。

——いや、気にしていないはずはないか。

ただ、円滑にいくように「気にしていない」ということを全面に押し出しているだけだ。ポジティブだし、人の悪意に鈍感で、仕事が好きだから、気にしていない。――そう思わせるためだろう。

「お前、俺の会社に来ればいいのに」

少なくとも、志月の心を傷つけるようなことは絶対にない。

半ば無意識に呟いた言葉に、志月は肉団子を食べながら目を丸くした。それから、小さく笑う。

「またまた。行かないですよ」

それなりに本気で口にした誘いを、あっさりと断られる。

ちょくちょくこの手の誘いを口にしているからか、志月はまったく真に受けていない。

「俺、教明さんのとこの仕事絶対向いてないですもん」

「営業のくせに腹芸できないもんな」

「失礼な。多少はしてますよ！」

入りたくて入った会社だというし、充実してやりがいも感じていたようなので当然といえば当然だが。

――塚森に憧れて、というのが少々気に食わない。

志月を引き止めた筆頭は、稲葉の友人であり、志月の会社の常務取締役である塚森賢吾だった。

——あの野郎、全力で色仕掛けしやがった。

本人に言ったら「色仕掛けなんてしていない」と反論されそうだが、志月と対面して彼が塚森に対して強い憧れを抱いているのをわかった上で、「会社に残って欲しい」と前のめりで口説いていた。

——……いや、こいつら二人共天然だけどな。

だから余計にたちが悪いのだと、二杯目のビールを飲みながら対面の志月を見つめる。視線に気づいて、志月は小首を傾げた。

小さく嫉妬していることに気づかれぬよう、稲葉は口元に笑みを乗せる。

「今日、泊まっていくだろ」

テーブルに頬杖をつきながら問う。志月の目元がぽっと赤く染まった。テーブルの下で彼の足をつつく。

「……教明さん、食事中」

恥ずかしそうに口にする志月が可愛くて、「ん？」と首を傾げながら爪先で彼の足首のあたりを愛撫するように触れた。

志月が言葉に詰まり、真っ赤になる。

食事中だと咎められたので、それ以上の手出しはせずに足を引っ込めた。「あ」と残念そうな声を漏らし、そんな自分に恥じ入る志月の姿を堪能しつつ、箸を進める。

他愛ない会話をしながらゆっくりと食事を終えて、稲葉は食器を洗いにキッチンに立った。志月には、ゴミをまとめ、テーブルを拭いてもらうように頼む。

食器を洗っていたら、布巾を持ってやってきた志月が、背後から抱きついてきた。彼の体温が上がっているのは、たった二杯のビールのせいではないだろう。

「んー？　どうした？　……テーブル拭いてくれてありがとうな」

意図に気付きながらもはぐらかし、彼の手に握られていた布巾を取り、洗う。志月は両腕で稲葉の腰の辺りをぎゅっと抱き締めた。

「……教明さん」

蛇口の水を止め、手を拭きながら「ん？」と返す。

向かい合うように振り返ると、志月は稲葉に抱きついたまま真っ赤な顔で睨むようにこちらを見ていた。項のあたりがざわつくような感覚に、稲葉は笑む。

「なんだ？」

「意地悪、しないでください」

堪らなくなって、拗ねた声を出す恋人の顎を掴み、半ば強引に顔をあげさせて唇を奪った。志月の細い腰を抱き、逃げられないようにしながら深く舌を絡めるキスをする。

志月が感じ始めたところで唇を離すと、名残惜しそうな吐息が漏れた。

蕩けた表情に、貪りたくなる衝動を押さえて、稲葉は平静を装いながら志月の濡れた唇を指で拭う。

「どうして欲しい？」

腰を抱き寄せ、囁く。志月の目が潤んだ。

恥ずかしげに稲葉の首筋に顔を埋め、消え入りそうな声で「抱いてください」と志月が請う。

稲葉は微かに喉を鳴らし、再び志月に口付けた。

初めて見たときから、美しい体だと思った。

細い肢体はしなやかな筋肉に覆われ、稲葉の上で奔放に跳ねる。色気のある体はその割に遊び慣れてはおらず、稲葉の愛撫にぎこちなく、けれど敏感に反応し、やがて蕩けるのだ。

「ん……っ、んっ」

俯せの体に腰を打ち付けるたびに、上ずる声が漏れる。志月が枕に顔を埋めているせいで、嬌声はあまり聞こえない。

肩甲骨、そして背骨の動きを眺めながら、腰の窪みを愛撫する。

「あっ、……!」

稲葉のものを締め付けながら、志月は泣きそうな声を上げて身を震わせた。唇を舐め、稲葉は志月の上に覆いかぶさる。

密着し、より深い位置まで挿れると、根本がぎゅっと締められた。一瞬持っていかれそうになりながらも、堪える。

「苦しくないか」

体重をかけているのでそう訊いたが、志月は耳に入れる余裕もないようで、シーツを握りながら胸を喘がせていて、返事もない。

汗で張り付いた志月の前髪を指で払い、耳にキスをする。

「……うっ、あっ」

上から押し潰すように腰を叩きつけるのに合わせて、上ずる声が零れた。足をばたつかせながら、志月の体が逃げる。

もう限界が近いのか、稲葉のものをうまそうに食んでいた箇所が戦慄き始め、締め付けた。頃合いを見計らい、一度強く突き上げる。

「──っ」

腕の中の体がびくっと固まり、志月が唇を噛んで首を振る。硬直した体を小刻みに揺すっているうちに、腕の中の志月が「いく」と小さく漏らして達した。

震える体は、稲葉のものを啜るように絡みつく。柔らかく撓む中に腰が痺れ、稲葉は堪能するように腰を回した。

「ああ……あっ、ぅー……っ」

嗚咽のような声を漏らして、志月が喘ぐ。

達したばかりで敏感な体を擦られて、堪らないと言った様子だ。

稲葉は身を起こし、志月の太腿に手をかけて体を仰向けに返した。

「ん、やぁっ」

それだけでも充分な刺激になったのか、志月の性器が震えて、流れっぱなしだった精液が飛ぶ。

素面に近い状態なら恥ずかしがって顔や体を隠そうとするところだろうが、そんな気力もないようで、シーツに四肢を投げていた。

稲葉が身を屈めてキスをすると、感じ入るような吐息を漏らす。

――たまんねえ顔。

年よりも幼さのある顔に、色気が滲んでいた。

普段は、健康的で健全が服を着てあるいているような、性欲なんてありませんとでもいうような姿の志月が、稲葉の手で乱され、いやらしい顔をしている。

こんな志月は自分しか知らない、という優越感と背徳感に、信じられないくらいそそられるのだ。

「……教明さん……」

志月が両腕を伸ばし、抱きついてくる。

舌を出して誘う志月に、稲葉はキスを深めた。舌を絡め合いながら、繋がったままだった腰をゆるやかに動かす。

そのうちに、揺するだけでは足りなくなってきて、稲葉は志月の体を音がするくらいに強く突き上げていた。

「あっ、あっ、……教明さ、んっ」

泣きそうな声とともに、稲葉の腰に絡む足が震え始めるのを感じ、稲葉は苦笑する。

「なんだよ、またか?」

揶揄う声に、志月は必死に頷いた。

可愛らしいその姿に絆されそうになりながらも、どうせならこちらが少し先んじる形で終わりたいとも思う。先にいかれてしまうと、締め付けの強さにこちらが少し寸止めを食らう形になるのだ。

それがいいときも勿論あるのだが、もういい加減限界だ。

「駄目。……もう少し堪えろ、いい子だから」

耳元で囁くように命じると、志月はひくっと喉を鳴らして首を振った。

「やだ、無理……っ、そんな声でっ」

そんな声ってどんな声だよと思いつつ、稲葉は欲望のままに突き上げる。

「んっ、ん……っ……！」

無理と言いながらも、志月は稲葉の言いつけを守って必死に堪えているようだった。稲葉のものを締め付けながらも目を瞑って堪える姿にいじらしさを感じてしまい、一方でもっといじめてやりたくもなり、稲葉は激しく志月を責めたてる。

「っ、志月……」

腰から首にかけて、骨を伝うように湧き上がってきた痺れに終わりが近いことを悟る。快感に押しやられるように志月の体の深い部分を強く抉った。

「……っく、……」

中で出したのと同時に、志月が強張る。

「う、……っん……」

ぶるっと細い体が震え、志月の性器から透明な雫が断続的に溢れた。きゅ、きゅ、と締め付けてくる中を、稲葉は射精しながら抜き差しする。

志月は泣きながら力なく頭を振っていたが、抵抗する力も出ないようで、稲葉にされるがままになっていた。

ずっと快感が続くような、腰が溶けるような感覚を味わったあと、やっと息を吐く。

まだ惚けている志月の唇を撫で、触れるだけのキスをする。

抜くのも名残惜しいが、このまま志月に体重をかけるのも可哀想で、稲葉は志月の体を抱きしめて寝返りを打つように体を反転させた。

稲葉の胸に重なる体勢になったことで、志月は焦ってどこうとする。

「教明さん、俺、重いから……」

「重くねえよ。いいからここで寝ておけ」

「……ん……」

項と襟足を優しく撫でて言うと、志月は照れた顔をして申し訳なさそうにしながらも、なすがままになった。

体を動かすこと自体がままならなかったというのもあるだろうが、案外志月は甘やかされるのに弱いのだ。

すり、と顔をこすり付ける姿に、狼狽しそうになる。

「あーあ……」

可愛いと思った矢先に特大の溜息を吐かれ、教明はぎょっとして志月を見た。

「……なんだよ、『あーあ』って」

内心動揺しながら問えば、志月は「だって」と不満げな顔をする。

「俺のほうが絶対日頃から運動してるのになー……」

「おいおい」

言いながら、志月は稲葉の体をぺたぺたと触る。

――週末で疲れてるだろうし、折角一回で終わらせようと思っているのに、こいつは。

下心もなく、無邪気に触っているのだろうが、まだ熱っぽい肌を恋人に撫でられたらその気になるというのが何故わからないのか。

やはり、自称「察しがいい」というのはあてにならない。

もう一回襲ってやろうか、と悶々としている稲葉を尻目に、志月は稲葉の体を撫で回している。

「教明さん、元気ですよね。俺なんて一回でぐったりしてんのに」

「……お前、それは牽制しているのか？」

稲葉の返しに志月は一瞬きょとんしたが、すぐに意味を解したようで、顔を赤くしながら首を振った。

「牽制って、別にそんなつもりはないですよ！　ただ、筋肉ちゃんとついてていいなって思って。なんかしてます？」

「筋トレくらいはしてるが」

仕事の合間を縫って、軽い筋トレくらいならばほぼ毎日している。

時間があればジムに行くこともあるが最近は志月の件もあって多忙で、あまり行けてはいなかった。

そんな話をすれば、志月は羨ましそうな声を出す。

「えー、それだけですか⁉　学生時代、なにかスポーツとかされてたんですか？」

「子供の頃に剣道と、あと中高大とバスケくらいか。っても、もう学生時代の貯金なんかないと思うけどな」

基礎はあるが、もはや当時付けた筋肉など残っていないだろう。

「そもそも、筋肉が付きやすいんだよ。これでもだいぶ落ちたぞ」

だが、志月はそんな話を聞いてやはり「いいなあ」と言う。そして、思いついたように身を乗り出してきた。

「ねえ教明さん！」

「やだ」

「まだなにも言ってないじゃないですか！」

確かにそうだが、今までの経験上、志月の目がギラギラと輝いているときはろくなことがない。だから内容を聞く前に断ったのだが、志月は構わず喋り出した。

「今度俺と一緒にランニングしませんか？」

「絶対嫌だ」

間髪を容れずに断った稲葉に、志月がむうっと頬を膨らませる。

「なんでですか？」

「部活の中でも外周が一番嫌いだったから」

別に足が遅いわけでもないし、持久力がなかったわけでもない。ただ、嫌いだった。

体力の向上や足腰を鍛えるために必要だということは理解していたのでこなしてはいたが、できれば極力やりたくなかった。

単に稲葉の一意見だが、志月は悲しげな顔をする。

「そんな……」

「しかも、お前の『ランニング』とやらは絶対十キロ以上だろ。絶対に無理。別に趣味にはとやかく言わないというか、趣味を否定する気もないが、志月のランニングには付き合わない」

「えー……」

あからさまにガッカリ、と言った様子の志月に、苦笑する。

——それだけじゃないけどな。

今言った断り文句はなにひとつ嘘ではない。だが、言っていない理由もある。そしてそれはこれからも志月に言うつもりはない。

志月は割と毎日、それこそ雨の日でも雪の日でも猛暑日であっても、走っている。

朝は流石に汗だくになるわけにはいかないので通勤時は電車を使っているようだが、退勤時は自宅まで走って帰ることもある。

走ると頭がリセットされ、すっきりする。悩み事が解決することもあるし、考えが整理されることもあるのだとか。

志月にとって「ランニング」は、趣味であり、ストレス発散であり、習慣でもあるのだ。習慣だから、たとえ、それが二人で一緒にいる時間でも、絶対にやめない。

例えば土日に志月が遊びに来ていて、夜二人きりのまったりした時間を過ごしていたところに、「あ、九時になったので少し走ってきます！」と置いてけぼりを食らったことはもはや一度や二度では済まない。

朝起きたらベッドにおらず、どこに行ったかと思えば早朝ランニング、ということもままある。泊まりの日の朝は、稲葉はたいてい一人で目覚めるのだ。

——趣味を咎めるつもりは、一切ない。

仕事が趣味でもある稲葉にしても、人のことは言えない。やめられないという気持ちも非常によくわかる。

だが仕事が切羽詰まっていないときは、さすがの稲葉も恋人が来ているときにまでずっと作業をしているということはない。

趣味や習慣をやめるのは難しいし、やめろ言われても困る気持ちはよくわかる。だが、もう少し二人の時間を大切にしてもいいのではないかと思うのだ。

とはいえ、それも言えるはずがない。

——趣味に嫉妬してるとか、情けないことが言えるか。

鷹揚に構えているのが関の山だ。

文句を口に出すつもりはないので、好きにやって欲しいとは思う。胸中で妥協している稲葉に、それでも志月は不満げだ。

「……どうしたんだよ、急に。ランニングなんて一人のほうが気楽だろ」

「そうなんですけど」

自分のペースで走れるし、なにより志月は「頭がからっぽになる」という感覚を好んでいるように思う。

ならば、並走している相手のことは割とどうでもいいだろうし、寧ろ意識の外に追いやられているのではないだろうか。無理に稲葉を付き合わせる必要性がないように思える。

「でも、最近よく思うんです」

「うん?」

「こう、外を走ってるじゃないですか。そのときに、教明さんのことを考えてたりして」

ふとした拍子に、志月は稲葉を思い出すのだそうだ。

なにしているかな、ということや、通り過ぎた店を見てあの服が稲葉に似合いそうだとか、あの店に一緒にいったな、だとか、ぼんやりと顔が浮かんだりだとか。

「今までそんなことを気にしたこともなかったし、本当に、なにも考えずに走っていたのに、最近教明さんのことばかり思い浮かんだりとかして」

「……へえ」

「だから、教明さんが横にいてくれたら、もっときっと楽しいのになって」

稲葉を置いて一人で出ていくくせに、同じように一人でいることに寂寥を感じたということだ。

だが習慣なのでやめるという考えにも至らず、それならば稲葉も一緒に来ればいいんだ！という結論に至ったようだ。

――こいつは……。

本人に自覚はないようだが、不意打ちの告白にうっかり赤面してしまいそうになる。

一緒にいたいという情緒があるのなら、せめて後朝くらいはベッドでゆっくり、とはならないものか。

「志月、明日の朝は」

「教明さんも一緒に走ります!?」

期待に満ちた眼差しを向けられ、輝くその表情は非常に愛らしいとは思うのだが、問いを最後まで言わせてもらえないまま間接的に否定された。

激しい落胆を覚えつつ、胸にふと悪戯心が湧く。体の上にある志月の体を抱き直し、稲葉は丸い尻を撫でた。

「走らない。特にメリットがない」

「メリットって……」

一瞬眉尻を下げた志月だったが、営業らしくすぐに気持ちを立て直し、プレゼンを始める。

「ありますよ、メリット」

「ほう？」

「まず、継続しやすくて習慣化しやすいので、忙しい社会人にこそおすすめです！」

「……それは、ランニングしたいやつにとってのメリットだろ」

したいけど続けられない、忙しくて夜には走れない、という人物にとっては確かにメリットだが、そもそもやりたくない人間が走る動機には弱い。

　稲葉のダメ出しに、志月は一瞬「あ」という顔をして、すぐに別のものを提示する。

「食間が長い寝起きに走ると、脂肪燃焼に効果的です！　あと、日光を浴びると、目が覚めるだけじゃなくて夜ぐっすり眠れますよ。陽の光を浴びると、夜には自然に眠くなるんだそうです」

「ああ、セロトニンな」

　朝日を浴びると睡眠ホルモンのメラトニンの分泌が抑制され、覚醒ホルモンのセロトニンが分泌される。日中に分泌されるセロトニンが多いほど、日没後のメラトニンの量が増える、よって、夜はぐっすり眠れるという話だ。

「あとストレスに強くなります！」

「それもセロトニン効果だったか?」

「あと、ええと、走ると血流がよくなって、やる気が上がるらしいですよ!」

「ふーん。『やる気』ね……」

話を聞きながら稲葉は志月の尻を撫で、まだ繋がったままだった腰を突き上げた。

「ひ、ぁっ⁉」

不意打ちに、志月は色っぽい声を上げる。

慌てて口を押さえた彼を再びシーツの上に押し倒し、稲葉は脚を大きく開かせた。

「ちょ……っ、教明さん」

「俺にこれ以上やる気を起こさせてどうする気だよ、このスケベ」

「そ、そういう意味じゃな――……っん!」

真っ赤になって否定する志月の中を、捏ねるようにかき混ぜる。すっかり元の状態に戻っていた志月の性器が、俄に首を擡げ始めたのが見えた。

「ずるい、教明さん! 俺まじめにっ」

「俺も充分真面目だよ。……少し黙ってな。気持ちよくしてやるから」

「馬鹿じゃないですか! 狡い――」

まだ喚こうとする唇を、キスで無理やり塞ぐ。ほんの数秒、志月は抵抗してみせたが、口腔内を舌で愛撫していたらすぐにおとなしくなった。

——確かに、狡いわな。

話を聞いているうちに、ちょっといじめてやりたくなった。

いつもはそれでも、志月を抱き潰さないような配慮はしていたのだ。平日は仕事があるし、休日であっても彼の朝夕の「ランニング」という趣味と習慣を考えたらあまり邪魔はしたくないという考えがあったからだ。

——だが、今日の俺はちょっと拗ねている。

まったく可愛げのない拗ね方で志月には申し訳ないが、明日の朝は意地でも志月をベッドに縛り付けておきたい。

泣いても喚いても許さず、どろどろになるまで愛してやろうと、稲葉は前のめりになった。

見上げる志月の目が、期待と不安と情欲に濡れる。

「物足りないなら、志月が足りるまでやる気を見せてやるよ」


「——教明さん、教明さん」

「……あぁ……？」

耳元で優しく自分を呼ぶ声に、稲葉の意識が覚醒する。頭を掻きながら身を起こすと、カーテンを開いた窓の前に、志月が立っていた。

「おはようございます」

「ああ……」

ぼんやりしたまま欠伸を嚙み殺す稲葉の頰に、志月がちゅっとキスをした。

もういっぺん寝直そうかとぼんやりしていて、不意に志月の恰好が目に入り、一瞬遅れてようやく頭が認識する。

稲葉は勢いよく身を起こした。

「あ、まだ寝てていいですよ。俺、ひとっ走りしてくるんで」

志月はいつものように、上下ランニングウェアに身を包み、にっこりと笑う。

「志月、お前大丈夫なのか」

「なにがですか?」

なにがですかってお前、と稲葉は啞然とする。

昨晩、志月は稲葉の下で泣きながら「もうできない」と甘い声を上げていた。実際、彼は昨晩何度も極め、やがて精液がでなくなったもどかしさで嗚咽しながら、後ろだけで達していたのだ。

それでもまだ抱く稲葉に、「明日立てなくなったらどうするんですか……!」と舌足らずに怒り、嫌だ好きだと言いながら、稲葉の腕の中で意識を手放した。

「じゃあ俺、行ってきますね！　帰りにコンビニで朝食買ってきますから。牛乳飲みます？」

「……おお」

「じゃ、いってきまーす！」

「……いってらっしゃい……」

昨晩、立てなくなったらどうするんだと泣き言を漏らした彼は、いつもどおりしゃきしゃきと軽い足取りで寝室を出ていってしまった。

やっぱり自分も体を鍛え直そうか。だが、志月を凌駕(りょうが)するほどの体作りが今更できるとも思えない。

稲葉は再びベッドに撃沈(げきちん)した。

AFTERWORD

あとがき

―栗城偲―


はじめましてこんにちは。栗城偲(くりきしのぶ)と申します。

この度(たび)は拙作(せっさく)『社史編纂室(へんさんしつ)で恋をする』をお手にとって頂(いただ)きましてありがとうございました。『社史編纂室で恋をする』は、雑誌で初めての前後篇として書かせて頂いたものだったりします。以下次号、的な。

初めてだったので、頂いた巻末アンケートなどを見て「前後篇だと気づかなかった」と書かれていた方がちらほらいらして、「そうなんですよー、すみません」と思ったりしました。

でも、こうして本になって読む分にはいつもとあまり変わりないかもしれませんね。楽しんで読んで頂けましたら幸いです。


今回はオフィスラブらしく攻も受もスーツ着用のサラリーマンだったので、みずかね先生の素敵なイラストを拝見させて頂く度に「スーツかっこいいなあ」と噛み締めておりました。働く男性はかっこいいですね。みずかね先生の描くシュッとした男性が着用していると、よりかっこいいです。紳士服の広告みたいだー！　と眺めておりました。

スーツといえば、今年も暑かったのですが、この話が雑誌に掲載された二〇一八年の夏も非常に暑くてですね……前篇が掲載されたナツ号（六月二十日発売）では書いていてあまり違和感がなかったのに、アキ号（九月二十日発売）掲載の後篇を書いているときにもう、上下スーツを着込んでいる人たちの描写が暑くて暑くて。

担当さんに「こんなに暑いんですから、上着くらいは脱いでも……」と言われたのが印象に残っています（脱がせました）。

この本の発売は秋なので、そんなに違和感なく読めるとは思うのですが、当時は「お前ら暑い恰好だな！　なんて暑そうなんだ！　書いてるの私だけど！」と思っていました（笑）。

そんな状況でも、上着はともかく、ネクタイは外したくない……と受の志月のネクタイは締めさせっぱなしです。私も学校の制服のネクタイ系は、夏は外してもよかったのに外さない派でした。ネクタイを締めるのが好きだったというのもあるのですが、普段付けていると、外すと却って落ち着かないんですよね。

今回の受は、本来は光属性というか所謂陽キャの人で、でもストーリー上どんな能天気な人でも陽気になれない状況に追い込まれているので全体的にちょっと大人しめというかしょんぼりな感じに……。

なので、悩みのなくなった書き下ろしでやっと最初から最後まで脳筋らしさ（？）を出してあげられたかなと思います。全篇この調子だと割と疲れたかもしれない。

そんな登場人物を書いておきながら私自身はまったく運動をしない万年運動不足なのですが、周囲には筋トレ好きが多いです。志月のように走るのが好き！　という人はあまりいない一方、筋トレ好きは何故か多い。今、筋トレアニメ（？）が流行しているそうですが、流行ではなく昔からの筋トレ好き。

「やることないから暇つぶしにひたすら筋トレしてる」とか「断捨離したあとに物欲が抑えられないときはひたすら筋トレをして紛らわせている」とか「震災でライフラインが断たれようが地面が割れていようが筋トレと走るのは欠かさなかった」とか言われると（これらを言ったのは全員別の人です）、我々の間には深くて長い河が流れているようだ……と思いました。でも地面が割れているときには外に出ないほうがいいです。本人にも言いましたけど。

そして最近会った女性の友人は「腹筋を割りたい」「腹筋が若干割れてきた」と言っていて（この発言もそれぞれ別の友人です）、私は「お、おう」以外かける言葉が見つかりませんでした。

でも健康には良さそうなので見習いたいなーと思います。……思いますが、三日と続かない気がしてなりません。三日坊主という言葉を聞く度に「三日も続いて偉い」と感心します。

イラストは雑誌掲載時に引き続き、みずかねりょう先生に描いて頂けました！

何度も言っちゃいますが、スーツ姿の攻と受が本当にかっこよくてたまりませんでした……。二人共素敵で、でも脱いでもすごくいい体でときめいてしまいます。攻だけじゃなくて、受の腕の筋肉とか、腹筋とか、いいと思いませんか皆さん……。

そして攻の顔が圧倒的にかっこいい（文筆業とは思えない語彙力）。逆なら問答無用でメロメロになっていた……多分。今も十分メロメロなんですけど。

受は攻のおしゃれな姿を見てからだらしない姿を見てよかった。

皆様は、だらしない着こなしとちゃんとした着こなしの稲葉、どちらがお好みでしょうか。

みずかね先生、お忙しいところありがとうございました！

そして現在発売中の小説ディアプラスのアキ号では、『社史編纂室で恋をする』のスピンオフ「塚森専務の恋愛事情」を書かせて頂きました。こちらも前後篇で、アキ号には後篇が掲載されています。

この「塚森専務」は、この本に出てくる稲葉の友人である塚森常務と同じ人です。稲葉も少し（?）出ております。「塚森専務の恋愛事情」は『社史編纂室で恋をする』よりも時系列的には前の話なので、二人共結構若いです。

勿論こちらの話も、みずかね先生にイラストをつけて頂いております！　素敵なリーマン男子のイラストが見られますので、是非こちらもよろしくお願い致します。

最後になりましたが、いつもお世話になっております担当様、そしてこの本をお手にとって頂いた皆様。本当にありがとうございます。

よろしければ、感想など頂ければ幸いです。

ツイッターなどやっておりますので、よろしければそちらもご覧ください。

またどこかで、お目にかかれますように。

栗城 偲

Twitter : shinobu_krk

この本を読んでのご意見、ご感想などをお寄せください。
栗城 偲先生・みずかねりょう先生へのはげましのおたよりもお待ちしております。

〒113-0024　東京都文京区西片2-19-18　新書館
[編集部へのご意見・ご感想] ディアプラス編集部「社史編纂室で恋をする」係
[先生方へのおたより] ディアプラス編集部気付　○○先生

- 初出 -
社史編纂室で恋をする：小説DEAR+18年ナツ号（vol.70）、アキ号（vol.71）掲載
終業の、その後で：書き下ろし

[しゃしへんさんしつでこいをする]
社史編纂室で恋をする

著者：栗城 偲 くりき・しのぶ

初版発行：2019 年 10月 25日

発行所：株式会社 新書館
[編集] 〒113-0024
東京都文京区西片2-19-18　電話（03）3811-2631
[営業] 〒174-0043
東京都板橋区坂下1-22-14　電話（03）5970-3840
[URL] https://www.shinshokan.co.jp/

印刷・製本：株式会社光邦

ISBN978-4-403-52493-6

情熱の国で溺愛されて イラスト えすとえむ
愛されオメガの婚姻、そして運命の子 イラスト ミキライカ

✤金坂理衣子 かねさか・りいこ
気まぐれに惑って イラスト 小嶋めばる
漫画家が恋する理由 イラスト 街子マドカ
型にはまらぬ恋だから イラスト 佳門サエコ
恋人はファインダーの向こう イラスト みずかねりょう

✤可南さらさ かなん・さらさ
カップ一杯の愛で イラスト カワイチハル

✤川琴ゆい華 かわこと・ゆいか
恋にいちばん近い島 イラスト 小椋ムク
ふれるだけじゃたりない イラスト スカーレット・ベリ子
恋におちた仕立屋 イラスト 見多ほむろ

✤柊平ハルモ くいびら・はるも
恋々 イラスト 北沢きょう
終われない恋 イラスト あさとえいり
身勝手な純愛 イラスト 駒城ミチヲ
ひとめぼれ王子さま イラスト 駒城ミチヲ

✤久我有加 くが・ありか
キスの温度 イラスト 蔵王大志
光の地図 キスの温度2 イラスト 蔵王大志
長い間 イラスト 山田睦月
春の声 イラスト 藤崎一也
スピードをあげろ イラスト 藤崎一也
何でやねん! 全2巻 イラスト 山田ユギ
無敵の探偵 イラスト 蔵王大志
落花の雪に踏み迷う イラスト 門地かおり（※定価630円）

わけも知らないで イラスト やしきゆかり
短いゆびきり イラスト 奥田七緒
ありふれた愛の言葉 イラスト 松本 花
明日、恋におちるはず イラスト 一之瀬綾子
あどけない熱 イラスト 樹 要
月も星もない イラスト 金ひかる（※定価630円）
月よ笑ってくれ 月も星もない2 イラスト 金ひかる
恋は甘いかソースの味か イラスト 街子マドカ
それは言わない約束だろう イラスト 桜城やや
どっちにしても俺のもの イラスト 夏目イサク
不実な男 イラスト 富士山ひょうた
簡単で散漫なキス イラスト 高久尚子
恋は愚かというけれど イラスト RURU
君を抱いて昼夜に恋す イラスト 麻々原絵里依
いつかお姫様が イラスト 山中ヒコ
普通ぐらいに愛してる イラスト 橋本あおい
恋で花実は咲くのです イラスト 草間さかえ
青空へ飛べ イラスト 高城たくみ
わがまま天国 イラスト 楢崎ねねこ
青い鳥になりたい イラスト 富士山ひょうた
海より深い愛はどっちだ イラスト 阿部あかね
ポケットに虹のかけら イラスト 陵クミコ
頬にしたたる恋の雨 イラスト 志水ゆき
魚心あれば恋心 イラスト 文月あつよ
思い込んだら命がけ! イラスト 北別府ニカ
恋するソラマメ イラスト 金ひかる
恋の押し出し イラスト カキネ
におう桜のあだくらべ イラスト 佐々木久美子
君が笑えば世界も笑う イラスト 佐倉ハイジ
もっとずっときっと笑って イラスト 佐倉ハイジ

華の命は今宵まで イラスト 花村イチカ
嘘つきと弱虫 イラスト 木下けい子
幸せならいいじゃない イラスト おおやかずみ
酸いも甘いも恋のうち イラスト 志水ゆき
あの日の君と、今日の僕 イラスト 左京亜也
片恋の病 イラスト イシノアヤ
疾風に恋をする イラスト カワイチハル
恋の二人連れ イラスト 伊東七つ生
恋を半分、もう半分 イラスト 小椋ムク
七日七夜の恋心 イラスト 北沢きょう

✤栗城 偲 くりき・しのぶ
恋愛モジュール イラスト RURU
スイート×リスイート イラスト 金ひかる
君の隣で見えるもの イラスト 藤川桐子
素直じゃないひと イラスト 陵クミコ
ダーリン、アイラブユー イラスト みずかねりょう
いとを繋いだその先に イラスト 伊東七つ生
恋に語るに落ちてゆく イラスト 樹 要
君しか見えない イラスト 木下けい子
家政夫とパパ イラスト Ciel
同居注意報 イラスト 陵クミコ
バイアス恋愛回路 イラスト カゼキショウ
ラブデリカテッセン イラスト カワイチハル
社史編纂室で恋をする イラスト みずかねりょう

✤木原音瀬 このはら・なりせ
パラスティック・ソウル 全3巻 イラスト カズアキ
パラスティック・ソウル endless destiny イラスト カズアキ

✤小林典雅 こばやし・てんが
たとえばこんな恋のはじまり イラスト 秋葉東子
執事と画学生、ときどき令嬢 イラスト 金ひかる
藍苺畑でつかまえて イラスト 夏目イサク
素敵な入れ替わり イラスト 木下けい子
あなたの好きな人について聞かせて イラスト おおやかずみ
デートしようよ イラスト 麻々原絵里依
国民的スターに恋してしまいました
国民的スターと熱愛中です イラスト 佐倉ハイジ
武家の初恋 イラスト 松本 花
ロマンス、貸します イラスト 砧 菜々
若葉の戀 イラスト カズアキ
管理人さんの恋人 イラスト 木下けい子
密林の彼 イラスト ウノハナ
可愛いがお仕事です イラスト 羽純ハナ

✤彩東あやね さいとう・あやね
神さま、どうかロマンスを イラスト みずかねりょう

✤桜木知沙子 さくらぎ・ちさこ
現在治療中 全3巻 イラスト あとり硅子
HEAVEN イラスト 麻々原絵里依
あさがお ~morning glory~ 全2巻 イラスト 門地かおり
サマータイムブルース イラスト 山田睦月
愛が足りない イラスト 高野宮子
教えてよ イラスト 金ひかる
どうなってんだよ? イラスト 麻生 海
双子スピリッツ イラスト 高久尚子
メロンパン日和 イラスト 藤川桐子
好きになってはいけません イラスト 夏目イサク
演劇どうですか? イラスト 吉村

札幌の休日 全4巻 イラスト北沢きょう
東京の休日 全2巻 イラスト北沢きょう
夕暮れに手をつなぎ イラスト青山十三
恋をひとかじり イラスト三池ろむこ
友達に求愛されてます イラスト佐倉ハイジ
特別になりたい イラスト陵クミコ
家で恋しちゃ駄目ですか イラストキタハラリイ

✤沙野風結子 さの・ふゆこ

兄弟の定理 イラスト笠井あゆみ

✤新堂奈槻 しんどう・なつき

君に会えてよかった①～③ イラスト蔵王大志
ぼくはきみを好きになる？ イラストあとり硅子
one coin lover イラスト前田とも
タイミング イラスト前田とも

✤菅野 彰 すがの・あきら

眠れない夜の子供 イラスト石原 理
愛がなければやってられない イラストやまかみ梨由
17才 イラスト坂井久仁江
恐怖のダーリン♡ イラスト山田睦月
青春残酷物語 イラスト山田睦月
なんでも屋ナンデモアリ アンダードッグ①② イラスト麻生 海
小さな君の、腕に抱かれて イラスト木下けい子
レベッカ・ストリート イラスト珂弐之ニカ
泣かない美人 イラスト金ひかる
おまえが望む世界の終わりは イラスト草間さかえ
華客の鳥 イラスト珂弐之ニカ
色悪作家と校正者の不貞 イラスト麻々原絵里依
色悪作家と校正者の貞節 イラスト麻々原絵里依
色悪作家と校正者の純潔 イラスト麻々原絵里依
色悪作家と校正者の多情 イラスト麻々原絵里依

✤菅野 彰&月夜野 亮 すがの・あきら&つきよの・あきら

おおいぬ荘の人々 全7巻 イラスト南野ましろ

✤砂原糖子 すなはら・とうこ

セブンティーン・ドロップス イラスト佐倉ハイジ
純情アイランド イラスト夏目イサク（※定価651円）
204号室の恋 イラスト藤井咲耶
言ノ葉ノ花 イラスト三池ろむこ
言ノ葉ノ世界 イラスト三池ろむこ
言ノ葉ノ使い イラスト三池ろむこ
恋のはなし イラスト高久尚子
恋のつづき 恋のはなし② イラスト高久尚子
虹色スコール イラスト佐倉ハイジ
15センチメートル未満の恋 イラスト南野ましろ
スリープ イラスト高井戸あけみ
スイーツキングダムの王様 イラスト二宮悦巳
セーフティ・ゲーム イラスト金ひかる
恋惑星へようこそ イラスト南野ましろ
恋愛できない仕事なんです イラスト北上れん
愛になれない仕事なんです イラスト北上れん
恋はドーナツの穴のように イラスト宝井理人
恋じゃないみたい イラスト小鳩めばる
全寮制男子校のお約束事 イラスト夏目イサク
恋煩い イラスト志水ゆき
リバーサイドベイビーズ イラスト雨隠ギド
世界のすべてを君にあげるよ イラスト三池ろむこ
毎日カノン、日日カノン イラスト小椋ムク
心を半分残したままでいる 全3巻 イラスト葛西リカコ
青ノ言ノ葉 イラスト三池ろむこ

✤篁 釉以子 たかむら・ゆいこ

パラリーガルは競り落とされる イラスト真山ジュン
執務室は違法な香り イラスト周防佑未
マグナム・クライシス イラストあじみね朔生

✤月村 奎 つきむら・けい

believe in you イラスト佐久間智代
Spring has come! イラスト南野ましろ
step by step イラスト依田沙江美
もうひとつのドア イラスト黒江ノリコ
秋霖高校第二寮 全3巻 イラスト二宮悦巳
エンドレス・ゲーム イラスト金ひかる（※定価682円）
エッグスタンド イラスト二宮悦巳
きみの処方箋 イラスト鈴木有布子
家賃 イラスト松本 花
WISH イラスト橋本あおい
ビター・スイート・レシピ イラスト佐倉ハイジ
秋霖高校第二寮リターンズ 全3巻 イラスト二宮悦巳
レジーデージー イラスト依田沙江美
CHERRY イラスト木下けい子
恋を知る イラスト金ひかる
おとなり イラスト陵クミコ
ブレッド・ウィナー イラスト木下けい子
すき イラスト麻々原絵里依
恋愛☆コンプレックス イラスト陵クミコ
不器用なテレパシー イラスト高星麻子
嫌よ嫌よも好きのうち？ イラスト小椋ムク
teenage blue イラスト宝井理人
50番目のファーストラブ イラスト高久尚子
恋する臆病者 イラスト小椋ムク
すみれびより イラスト草間さかえ
Release イラスト松尾マアタ
遠回りする恋心 イラスト真生るいす
恋は甘くない？ イラスト松尾マアタ
ずっとここできみと イラスト竹美家らら
それは運命の恋だから イラスト橋本あおい
ボナペティ！ イラスト木下けい子
耳から恋に落ちていく イラスト志水ゆき

✤椿姫せいら つばき・せいら

この恋、受難につき イラスト猫野まりこ
AVみたいな恋ですが イラスト北沢きょう

✤鳥谷しず とりたに・しず

スリーピング・クール・ビューティ イラスト金ひかる
流れ星ふる恋がふる イラスト大槻ミゥ
恋の花ひらくとき イラスト香坂あきほ
恋色ミュージアム イラストみずかねりょう
新世界恋愛革命 イラスト周防佑未
神の庭で恋萌ゆる イラスト宝井さき
その兄弟、恋愛不全 イラストCiel
契約に咲く花は イラスト斑目ヒロ
恋よ、ハレルヤ イラスト佐々木久美子
探偵の処女処方箋 イラスト金ひかる
溺愛スウィートホーム イラスト橋本あおい
お試し花嫁、片恋中 イラスト左京亜也
兄弟ごっこ イラスト麻々原絵里依
紅狐の初恋草子 イラスト笠井あゆみ
捜査官は愛を乞う イラスト小山田あみ
捜査官は愛を知る イラスト小山田あみ